ミンネのかけら

ミンネのかけら

ムーミン谷へとつづく道

冨原眞弓

岩波書店

はじめに

生きていれば、出逢いがある。小さな予感の積みかさねの先におとずれる出逢いがあれば、いっさい予感をともなわない出逢いもある。あっと思ったときには、もうぶつかっている。ある日、こちらの不意をついて、それはやって来る。なんだかわからないが、衝撃は大きい。しばし呆然として、やがて気をとりなおすが、なにかが変わっている。

そういう出逢いが、わたしには二度あった。ただし、ぶつかった相手は生きて動いている人間ではない。二度とも一冊の本だった。大げさではなく、それら二冊の本によって、わたしのたどるべき道はずいぶん曲がりくねったものになった。記憶の反復作用のなかで「かつて」と「いま」とを往還するうちに、二冊の本は「かつて」の意味に、意識にものぼらぬような微小な修正を加え、わたしの存在に痕跡を残し、そのつどあらたな不在の感触を刻んでいった。これらの本たちが不断に生みだす痕跡をめぐって、わたしのなかで語り紡がれる断片をあつめたものが、本書『ミンネのかけら――ムーミン谷へとつづく道』である。

第一の本はシモーヌ・ヴェイユの『神を待ちのぞむ』である。大学三年の秋の夜長、わたしは女子学生寮の受付で電話番をしていた。親電話の外線使用中ランプは三つとも点灯し、寮生たちが地方の家族との長距離通話に興じている。線が塞がっているあいだ、あらたに電話はかかってこない。しばらくは暇である。どうやってすごそうかと思案しながら、わたしは受付の片隅にある本棚に雑然と並べられた本の背表紙をつらつら眺めていた。手をのばすと指が布クロスの単行本に当たった。『シモーヌ・ヴェーユ著作集』(全五巻、橋本一明、渡辺一民編、春秋社、一九六七―六八年)の第Ⅳ巻だ。退寮した学生が置いていった本で、最後の頁に彼女の署名が読みとれた。フランス語学科の学生というのは、こんな抹香くさい本を読むのかと、なかば感心しながら、収録された『神を待ちのぞむ』(渡辺秀訳)の頁をぱらぱらとめくり始めた。が、数頁もせずにガツンときた。これが第一の出逢いである。同学年ながら在寮中もその後もほとんどつきあいのないくだんの寮生は、自分が寮に残した本がどうなったかなど、もっといえば、わたしにどんな影響をおよぼしたかなど、もちろん知る由もない。

その本のなにがそんなに衝撃的だったのか、詳細はおぼえていない。それまでヴェイユの著作は一冊も読んだことがなかった。「トロツキーより過激なトロツキスト」または「中世の神秘家の直系」、いいかえれば、血の気の多い革命家も貧血気味の聖女も、自分には縁遠い存在に思えた。だから、あの偶然がなければ、一生ヴェイユを読まずにいたかもしれない。

そんな状態だったから、ヴェイユの意図を理解したかどうかも心もとない。ただ、あらゆる集団に内在する「社会的なもの」への反撥《はんぱつ》や、「社会的なもの」の脅威にさらされる「はかなさ」への共感が、ヴェイユ独特の端正で潔い口調で語られたとき、自分のことは棚にあげて人間の欺瞞やら社会の構造的不正やらに憤るだけの未熟なわたしの心にも、すんなりと抵抗なく入りこんできた。ああ、これなのだ、わたしがいいたかったのは、と直感した。ひとの言葉が腑に落ちるというのは、こういうことなのだ、と思う。

やがてヴェイユを原語で読みたくなった。しかし、第二外国語の文法をやっと及第させてもらった過去がある。このたびは意欲が違う。とにかく原書を読むことに徹した。そこで、中高生時代に濫読したフランスの小説を選んだ。最初に通読したのはサン＝テグジュペリの『星の王子さま』だ。名優ジェラール・フィリップが語り手の飛行士を、ジョルジュ・プージュリ(『禁じられた遊び』の少年役)が王子さまを演じた朗読版を手にいれた。フィリップの低い声とプージュリのいたいけな声が耳に心地よく、何度も聴いているうちに、全文をほとんど暗記してしまった。その後もカミュの『異邦人』、コクトー『恐るべき子供たち』とつづけた。

同一の作品を複数の訳で読むと、訳者によって印象がずいぶん異なることに気づく。とくに詩の翻訳がそうだ。たとえば、ランボーの詩集。中原中也、小林秀雄、上田敏らの古典的な訳だけでも、かなりの違いがある。詩の翻訳のむずかしくて、たのしくて、奥の深いところなのだろう。

一九七九年の秋、わたしはヴェイユとカタリ派を研究するためにパリ・ソルボンヌ大学に留学する。そこでまた、シモーヌ・ヴェイユの縁で、おそらく日本にいたら出逢わなかっただろう人たちとめぐりあうことになる。

第一の出逢いから十五年後、第二の本に出逢う。ストックホルムで。作品名ぐらいはなんとなく知っているが、読んだこともなく、作者についての知識もなかった。その本は『ムーミン谷の冬』である。最初は旅先で入手した英語版で読んだ。作者はスウェーデン語を母語とするフィンランド人のトーヴェ・ヤンソン。生まれも育ちもへルシンキだが、言語的・文化的には人口の五、六パーセントにすぎぬ少数派である。

この事実を知ったとき、わたしは作家としてのヤンソンに興味をもった。自分の生まれ育った国にありながら、周囲の同国人の九割以上が自分とは違う言葉を話すというのは、どういう感覚なのか。言語を素材とする作家であればなおのこと。しかも、どちらもフィンランドの公用語とはいえ、スウェーデン語とフィン語はまったく異なる語群に属するから、フィンランド人でも両方をおなじくらい自在にあやつる、本物のバイリンガルは少ないと聞く。ヤンソンもフィン語は日常に困らない程度だった。

東京で出逢ったヴェイユの『神を待ちのぞむ』とストックホルムで出逢った『ムーミン谷の冬』、ふりかえるとこの数十年、わたしはこの二冊の本がさし示すふたつの世界のあいだを、往ったり来たりしていた気がする。方向は一方的ではなく、逆行もあれば停止もある。道が消滅したかと思った時期もあった。どちらも中途半端になりそうで不安になったこともある。でも、どちらかひとつを選ぶことはできなかった。ときに回り道をしたり、わざと道草を喰ったり、心ならずも迷い道をしたりしながら、いつの間にかどちらかの世界にもどってきていた。

シモーヌ・ヴェイユとトーヴェ・ヤンソン、彼女たちなりの流儀で自分らしく生きてきたふたりは、見かけほど違わないのかもしれない。正面きってぶつかるにせよ、笑いとばしてかわすにせよ、どちらも恰好いい。ふたりとも時流に呑まれず、自由を愛し、自分に厳しく、ひとにはやさしい。わたしはこのふたりが好きなのだ。このふたりをめぐって出逢ったちょっと風変わりな人たちも好きだ。それでいいじゃない、ほかにどんな理由が要る？　ヤンソンならそう答えるにちがいない。

愛すべき本たちと、それらを介してめぐりあった人たちに。

二〇二〇年八月

冨原眞弓

目次

II

III

おわりにかえて――

装丁＝後藤葉子

I

星辰と花咲く果樹。完璧な恒久性と極度のはかなさは、ひとしく永遠の感覚を与える。

貴重なものが傷つきやすいのは美しい。傷つきやすさは存在の徴《しるし》だから。

トロイアの滅亡。花咲く果樹から落ちる花びら。このうえなく貴重なものが実存《エグジスタンス》に根をもたぬことを知る。美しい。なぜか。魂を時間のそとに投げだすからだ。

ヴェイユ『重力と恩寵』

一四世紀に滅びさったカタリ派の痕跡を、パリで掘りおこす

一九七〇年代末から八〇年代初めにかけて、わたしはフランス政府給費留学生として、ソルボンヌ大学に提出する博士論文の準備に追われていた。両親への手紙に詳細が残っている。なぜか旧仮名旧漢字で書かれているが、いまとなっては自分でも意図がわからない。

一七〇〇フラン(当時のレートで一〇万円弱)の給費は振込ではなく、毎月決まった日に、学生生活センターに直接うけとりに行った。学生の身でまとまった現金を手にするのだ。えらく不用心な話である。じっさい、帰りのバスのなかでジーンズの後ろポケットから封筒ごとすられたことがある。月に一度、この日ばかりは、ふだんはめったに乗らないバスの車窓から、つぎつぎ移っていくパノラマを眺めるのが、いろんな意味で楽しかった。セーヌ右岸の一区にある美術館や図書館はべつとして、左岸の五

区、六区、一四区の周辺で日常の用が足りたから、バスに乗るだけで、遠出みたいで気持が昂揚した。

建物の壁は埃と煤で薄汚れ、舗道を歩くときは、妙なものを踏んづけないように注意を怠ってはならず、街ゆく人びとはなんだか不機嫌そうだった。それでも眼をあげると、名所旧跡そのままの光景が広がった。いまでもパリの街を訪れると、あのころの初々しい感動がよみがえる。

運よく入れた女子寮には四十人ほどが住んでいた。日本人はわたしひとり、外国人は十人たらずで、ほかはフランス人だった。学生が多かったが勤め人もいた。これまでも学寮に住んでいたから、集団生活の決まりには慣れている。

おなじ階の先住者に挨拶をして回った。各階六、七人でシャワー、風呂、トイレを共有するから、いくらマイペースをつらぬくといっても、これは最低限の礼儀である。

「半地下室には行ってみた？　共同の食堂とキッチンがあるのよ。冷蔵庫、調理器具、食器がある。自由に使っていい。使ったあとは片づけておくこと。そうそう、自分の食品には名前を書いておいてね」

めんどうだったので、そのキッチンはめったに利用しなかった。かわりに、くる日もくる日も、近所のパン屋でバゲット一本、乳製品の店でバター、チーズ、ミルク半リットル、ヨーグルトを買った。たまさかの贅沢に、総菜屋で厚切りハム二枚をカットしてもらった。ハムとチーズを挟んだ丸々一本のバゲットサンドは、パリパリの皮のせいで、食べ終わったあとに口の内側がひりひりした。それでも、たいてい一本ぺろりと平らげた。

五十歳くらいの女性の寮監がいたが、とくになにかを監督するわけではない。ただ、夜の門限近くになると、建物の大扉の内側にある門番の部屋で待ちかまえて、駆けこんでくる寮生に睨みをきかす。門限に間に合わなかった寮生が、その場で彼女からたっぷりと油を絞られたのは、いうまでもない。

「夜遅くまで部屋の灯がついているのがみえますよ。もっとよく寝て、もっとよく食べなさい。キッチンでもあまり姿をみないようですが」

心配しているとわかってはいても、ちょっと苦手だった。だが、わたしが十字架の聖ヨハネの『カルメル山登攀』を読んでいると知ると、満面の笑みをたたえて話しかけてきた。

「十字架のヨハネはスペインの、いえ、カトリック教会を代表する聖人です。わたしの生まれ故郷の誇りですよ」

「ミラグロス」という洗礼名(スペイン語の「奇蹟《ミラグロ》」にちなむ)がぴったりの敬虔な

カトリックだ。ずいぶん年上だけど、笑うと意外にかわいらしい。

「アビラのテレジアといっしょにカルメル会を改革したひとですよね」

「なによりも、聖ヨハネは神秘家です。本物のね」

「シモーヌ・ヴェィユの敬愛する聖人でした。怪しげな神秘家は理性の手前にとどまっているが、真の神秘家は理性の向こう側にいると」

「その通りよ。これをお読みなさい。スペイン語はわかりますね?」

スペインをひとり旅したときに、最低限の文法を頭に入れた程度。とうてい使えたものではないが、見栄を張った。

「どうにか……」

寮監が一冊の文庫サイズの本を差しだした。十字架の聖ヨハネの全著作がスペイン語で収められている。マドリードで刊行されたものだ。葡萄色の革表紙と辞書に使われる薄い上質紙が、祈禱書のたぐいとおなじく、日常的に使いこむうちに手になじんでくる。愛蔵版の小さな判型と装幀と素材には意味がある。

睡眠や食事の小言は減らないが、もう気にならない。挨拶みたいなものだ。

「昨日も遅くまで、いえ、明け方まで起きていましたね」と、わざとおっかない顔で睨まれても平気になった。

寮はセーヌ左岸の住宅街の建物の一画を占めていた。地下鉄の駅に近く、縦横にめぐらされたバス路線も使いやすい。エリート校のグランゼコール、パリ大学、アカデミックな書店や古書店がひしめくカルチエ・ラタンまで、歩いて二〇分とかからない。学生にとって、いや、勤め人にとっても一等地だ。月額四五〇フランの寮費は、似たような立地の部屋が最低一〇〇〇フランという時代に、ありえない安さだった。

授業料は不要だが、寮費を差しひくと、残りは一二五〇フラン。これで食費や本代その他すべてを賄わねばならない。セーヌ河岸近くの古書店に通ううちに、たいていの本はそろった。やりくり算段の工夫も、時間と体力さえあるなら、それなりの娯楽となる。

ただただ、本を読むのが楽しく、文章を書くのが楽しかった。後にも先にもこんなに勉強したことがないほど、うきうきと、夜も昼も机に向かう。頭のなかはフランス語の単語でいっぱい。フランス語で夢をみて、あげくに自分のへたくそなフランス語の言い回しに呆れて、眼がさめた。

授業に出席するか、外をむやみに歩きまわる以外は、ほとんどひとりで自室にいたから、当然のことだが、なかなか友だちができない。けれど留学一年めに、高等研究実習院（EPHE）で登録した「南仏の異端カタリ派の原典講読」という演習をつうじて、はじめて同世代の友だちができた。

ある日、授業のあとで学生のひとりに呼びとめられた。背の高いオランダ人女性のフレーダだ。

「あなたは日本のひと？　なぜ、この授業をとっているの？」

無理はない。このおそろしく地味でニッチな演習に登録した数名の学生はみな留学生だった。オランダ（つまりフレーダ）、ポーランド、アメリカ、そして日本（つまりわたし）と、国籍もばらばら、専攻分野もばらばら。フランス人はひとりもいない。もっとも、フランス人の不在じたいは驚くにあたらない。身近なものを蔑ろにするのは、ひとのつねだから。

当時は、まだ地域の言語や文化の保存がいまほど叫ばれてはおらず、絶滅危惧言語といった発想も広まってはいなかった。「フランス語」とはパリ近郊のオイル語の一方言であり、南仏のオック語やプロヴァンス語をはじめ、ケルト系のブルトン語などは保護されることなく放置されてきた。

「日本からの留学生が、どういう風の吹き回しで、カタリ派みたいな、フランス本国でもほとんど関心をもつひとがいない、むちゃくちゃマニアックな研究に興味をもっているのかって、いいたいんでしょ？」

「そうね。だって、日本はキリスト教国じゃないでしょ？」

「ぜんぜん。あなたはキリスト教徒？」

「そう。アムステルダム大学の神学部で勉強をしているの。ここへは古典文献学の研究に来たのよ」

「神学部で？　あなたは牧師の卵？」

「というより、学者の卵、かな」

自由な学風のアムステルダム大学の神学部とはかなり異質な、パリ大学の雰囲気に驚いたらしい。

「異端は女性の活用に長けていた。カタリ派が残らなかったのは、教会にとって大きな損失だったわね」とフレーダ。

その「進歩的な神学部」も、ＥＵ高等教育統合の一環である一九九九年のボローニャ協定の煽りで、哲学もろとも人文学部に吸収合併されたと聞く。

「個人的にカタリ派に興味があってね。それに、ソルボンヌで博士論文を書くために、まずは博士論文執筆資格（ＤＥＡ）をとらなくちゃならない」とわたしは説明した。

「それをここでとるのね」

「できれば……」

言葉すくなになったのは、前途がいかにも多難だと思えたからだ。まじめに出席さえしていれば単位がとれる授業ではない。

「あなたの論文とカタリ派はどういう関係があるの？」

「シモーヌ・ヴェイユって知ってる？」

「名前ぐらいしか」

「まあ、そんなものよね。ともかく、晩年のヴェイユがカタリ派にいたく傾倒していてね。力をどこまでも拒否し、純粋さを追求したという意味で、キリスト教の真髄の最後の現われだって」

高等研究実習院は大学院に相当する研究・教育機関である。ここで単位をとると、ソルボンヌでも博士論文を提出する資格が得られた。講義は教授と助教授のふたり、課題の指導は助手という恵まれた分業体制だ。一九六八年の五月革命以降、教授陣に研究と教育の両方がひとしく課されるようになった大学に比べて、研究に大きな比重がおかれていた。

わたしにとっては願ってもない贅沢な授業だった。その分野の第一人者の六十代の教授、四十代の助教授、三十代の助手からなる三人の研究者チーム（全員女性）が、数名の学生を指導してくれるのだ。迷わず登録した。

異端とされたカタリ派関連の文献の多くは、彼らを葬りさった異端審問やアルビジョワ十字軍に与《くみ》する人びとによって書かれた。ヴェイユによれば、「歴史とは虐殺者が犠牲者および自身について語った供述の集積にほかならない」。

異端審問官による予断にみちた裁判記録のほかに、数はぐっと少なくなるが、カタリ派自身が残した貴重な文献もある。ただし、手に入りにくいだけでなく、ひどく読みにくい。中世オック語の影響をうけ、「くずれた」ラテン語で書かれている。それだけでも充分読みにくいのだが、高価な羊皮紙を節約するために、筆記者がそれぞれ自己流で略記するから、なおさら始末が悪い。しかも、ようやく法則がのみこめてきたところに筆記者が交替する、という驚きにもこと欠かない。

これに、われらが演習クラスに固有の言語的なハンディが加わる。そろいもそろってラテン語圏ではない地域から来た哀れな留学生たちが、四苦八苦しながら読み解くのだ。毎回、一頁やっとこさ終わるか終わらないか、学生にとっては無謀な、教授たちにとっては(おそらく)失望の多い試みだった。

わたしには、ソルボンヌ大学の哲学の博士論文を提出するか、高等研究実習院で歴史学・文献学の博士論文を提出するか、ふたつの可能性があった。ただし、そのためには、年度の終わりまでに書いて、受理されねばならなかった。古典語の素養も歴史学の基礎も危なっかしい状態で、まともな論文なんて書けるだろうか。この楽観を許さない見通しが、わたしを口ごもらせたのだった。

困難な授業がさいわいしたのか、数人の受講生たちの結束は固く、互いに弱音をはきあい、励ましあいながら、最後までひとりもドロップアウトせず、一年が終わった。わたしはギリシア教父オリゲネスとカタリ派の教義上の相違を主題に選び、学年末に研究発表をし、課題論文を提出し、単位を取得した。その論文の成果をまとめた要約が、たった一頁だったが、高等研究実習院の年度紀要に掲載された。一年間の苦労が結実した気がして、うれしさがこみあげた。

一次文献とのつきあいかたを、その分野の専門家から手ほどきされたのは幸運だった。いまだ研究途上にあった異端関連の手稿の大半は、各地の修道院の書庫の片隅に埃をかぶって埋もれていた。それらを何年もかけて発掘し、蒐集し、公刊にこぎつけた教授の言葉からは、強烈な自負が感じられた。

「こういう仕事において、いちばん必要なことは、まずはどこに財宝が埋もれているかを探りあてる嗅覚です。つぎに、自分の嗅覚を信じて、それらを発掘する行動力をもつことです。考古学の仕事に似ているといってよいでしょう。それからです、整理し、分析し、校訂するといった、書斎での仕事が始まるのは。緻密で、該博な知識、古典を読み解く力、そして忍耐が必要です。みなさんの眼にとまるのは、このいちばん最後の、いちばん退屈な部分なのでしょう。けれども、わたしは自分を、いちかばちかの山師だと思っています」

いかにも研究一筋といった、落ちついた風貌の女性教授の口から、「山師」という言葉が聞けるとは思わなかったが、その意図はわかった。たぶん、こうだ。なにかを得たければ、思いきって賭けなさい。ただし、なにかに賭けるなら、なにかを失うかもしれない。それでもやりたければやりなさいと。このときわたしは、なにがなんでも博士論文を仕上げる決意をしたのだった。

パリのアトリエで、自分のための彫刻を注文する

うちの玄関の飾り棚に鎮座する大理石の彫刻は、自分で求めた唯一の「美術品」だ。ずしりと重く、扱いに難儀する代物だが、たびかさなる引越の試練にも堪え、四十年近くつきあってきた。

一九八〇年代初め、パリのセーヌ左岸のアトリエで、この彫刻に出逢った。薄く碧みがかった塊から削りだされ、磨きあげられて、にぶい輝きを放つその大理石は、ポルトガルのエストレモス産だと聞いた。

上方は曲線を描きつつ魚の背びれのように尖り、下方はなめらかに丸いが、側面は三日月のように抉《えぐ》れている。手で押すと、台座の上でくるくる回り、角度によって形状と印象を変える。石の中心をつらぬく鋼《はがね》の芯棒が、重厚な外観と軽快な回転のミスマッチを生む。

大理石の表面に絶妙な濃淡で綾なす文様が、こまかな砂で埋めつくされた浜辺に打ち寄せる波を思わせる。大理石の硬い素材にとらえどころなく転移する軽やかな動き。彫刻をみつめて立ちつくすわたしに、作者のフランが話しかけてきた。

「兜をかぶった波」

「え？」

「その彫刻の名前。「兜をかぶった波」と命名したの」

「兜をかぶった？　ミネルウァの兜のことですか、学芸の女神の？」

「そう。でも同時に、狩りと戦の女神でもあった。だから、たいてい兜をかぶっている」

「そういえば、この辺が波の跳ねあがった白い先端で、この辺がミネルウァの頭のようにも。でも、どうして、波？」

「わたしの趣味かしらね。刻一刻と変わっていくノルマンディの海が、その海岸に寄せては返す波が好きだから。ノルマンディには行った？」

「いいえ、まだ……」

「だめよ。ぜったいに行かなくちゃ、ノルマンディを知らずして、フランスは語れない！　というのはね……」

しばらく、ノルマンディの海の壮絶な美しさが、フランの口から語られた。フランの表現力はいつもわたしを圧倒した。表情も語彙も身振りもゆたかに、こちらをじっとみて、ここぞというときに、これぞという言葉を選びだす。

「……で、この彫刻、気にいった?」

「はい、とっても。ものすごく……」

わたしはといえば、格好よく決めようとして、かえって言葉を失ってしまう。

この彫刻の作者フランとの出逢いは、さらに一週間ほど前にさかのぼる。

グルノーブルのピエール・マンデス゠フランス大学で開かれたシモーヌ・ヴェイユの国際学会には、哲学の研究者や学生だけでなく、さまざまな世代、職種、環境の人びとが集まった。専門家でなくても熱心にテクストを読みこみ、発表者に質問し、通りいっぺんの答えでは納得せず、いくらでも質問する。フランもそんな参加者のひとりで、研究発表を終えたわたしに元気よく話しかけてきた。

「みんなはわたしをフランと呼ぶの。本名じゃないけど、気にいってる。だから、あなたもそう呼んでちょうだい」

彫刻家だというその小柄な女性は、短い銀髪に、よく動く瞳、襟を立てたシャツとコットンパンツ、足には白のスニーカーのいでたちで、そんなに若くはなさそうだが、年齢は不詳としかいえない。

「日本から来たのですか?」

「ええ、カタリ派で論文を書くために」

「カタリ派? 中世オック語地方の?」

「パリが占領されたとき、ヴェイユはマルセイユに逃れました。そのころカタリ派に興味をもったようです」

「そう。もっと話を聞かせて。カタリ派のことも、日本のこともね。どこに住んでるの? あら、ご近所ね。つぎの土曜日、お昼を食べにいらっしゃい」

約束の日、赤表紙の文庫版地図(プラン・ドゥ・パリ)を手に、リュクサンブール公園近くの小さな通りに辿りついた。パリには文学者、科学者、哲学者、革命家の名をいただく通りがたくさんある。フランのアトリエは、反戦反ファシズムの闘士として名をはせた共産主義者にちなむ通りにあった。

たしかにこの番地のはず……。ごくふつうの建物の前で足をとめた。入口の横のプレートに十ほどの名前とボタンが並んでいる。どれを押せばいいのか。はっと気がついた。彼女の本名をおぼえていない。一度くらいは聞いたかもしれないが、きれいさっぱり忘れている。ル・なんとかという、ノルマン系の苗字だったということぐらい。

だが、それらしい名前はみあたらず、途方に暮れた。

「フランに会いに来ましたか?」

一八〇センチはある大柄な男性が立っていた。年はわたしとおなじか、すこし上だろうか。彼はトニーと名乗った。

「どのボタンか、わからなくて」

「これですよ」

トニーがボタンを押すと、中のインターフォンから「どうぞ」とフランの声がして、入口の戸が開いた。トニーのあとをついて中庭に出ると、後付けで建てられたとおぼしき平屋があり、扉がふたつ並んでいる。右手の扉の前でフランが出迎えてくれた。

「こっちよ」

扉の向こうは、ロフト付きの細長いアトリエだった。台座に載せられた彫刻が、布をかぶせられて、あちらこちらと並べられている。フランはひとつひとつ布をとって、ゆたかな語彙を駆使して説明していく。このときわたしは「兜をかぶった波」をはじめて見たのだった。

まずはアトリエでゆうに一時間。その後、フランはわたしを伴ってふたたび中庭に出て、今度は左手の扉から入った。

「こちらが住まいでね。わたしたちがアトリエにいたあいだに、トニーがパスタの準備をしてくれていたのよ」

測ったように完璧な「アルデンテ」を食べながら、互いに自己紹介をする。

「ぼくはオランダ人なんだ。でも、子どものころ、母親が父親と離婚してね、イギリス人と再婚したんだ」

「へえ、てっきりフランス人かと。完璧なフランス語だから」

母親の再婚で渡英し、パブリック・スクールから、奨学生としてオックスフォード最古のマートン・カレッジに進学したんだとか。T・S・エリオットやトールキンが卒業生に名を連ねる名門校だ。

「ぼくは近現代史専攻だったんだけど、一七世紀以降はひっくるめて「近現代《モダン》」で括られるのさ。いくら古典学の伝統校といってもねえ。もうちょっと細分化すべきだと思うけどなあ」

「大学でも寮にいたの?」

「ああ、養父とはあんまりうまくいかなくてね。ぼくが寄宿舎や学寮にいるあいだはよかったんだけど。家に帰るとね……。まあ、よくある話さ」

「で、大学を卒業してこっちに来た?」

「そう、卒業後まもなくパリに移り住んだ。もう長いこと、十年くらいかな、家には帰っていない」

「ここではどんな仕事を?」

「パリ大学で英国法を教えている」

「トニーはすごいのよ。最近、英語の教授資格《アグレガシオン》をとったんだから」

「へえ、フランス人でも超難関の試験ですよね。この資格がないと大学やリセ(高等中学)で教えられないんでしょう?」

オランダ人のマルチリンガルはめずらしくない。わたしの友人たちも英仏独三か国語ぐらいは自在にあやつる。トニーはパリにすでに数年住んでいたから、オランダ語と英語とフランス語をネイティヴ並みに駆使するトライリンガルだった。それにしても、教授資格試験に合格なんて、やはり並の留学生ではない。

愛想がよくて、頭がよくて、フランよりだいぶ年下で、フランと芸術が大好きなオランダ人。ついでに家事も得意で、とっても気がきく。しかも気遣いを悟らせない。これがトニーだった。

しばらくしてフランにまた招かれた。

「トニーも来るけど、今度はわたしが料理をする番だから」

つく。

「カスレ」という煮込みがメインで、大きな田舎風パン、カマンベール、サラダが

「中庭のまんなかに立って、バスケットの紐をもって、ブンブン振りまわしてちょうだい」

ざっくり切られて、ざっくり水に浸されたロメインレタスの葉が、紐のついた丸いバスケットに詰めこまれている。遠心力で水切りをするのだ。

「カスレはあなたの好きな南仏が発祥の家庭料理よ。カルカソンヌかトゥールーズか、決着はついてないけどね」

厳密なレシピはなく、おおざっぱにいえば、肉と白インゲンの煮込みだ。肉は豚、羊、鴨など。鍋のなかで、白インゲンと玉ネギを加えた豚肉の塊が柔らかく煮込まれていた。

ほくほくと温かい。美食の国フランスで好きになったのが、この白インゲンとサヤインゲンの豆類《アリコ》だ。フランス人は、そんなつまらないものをと呆れるかもしれない。けれど、北欧のジャガイモ料理がおいしいのとおなじで、日々の食卓にあがるものは飽きがこない。

食事のあと、トニーの淹れたコーヒーを飲みながら、フランは芸術を語りはじめた。

自分の感動を、どうにでも形状を変える粘土から堅固なブロンズや大理石へと移しこむことと、それを納得のいく言葉にすることとは、彼女にとって同等の重みをもっていた。

だから、あらゆる時代、地域、形態の芸術に関心を示す。アフリカの木彫りからジャコメッティまで、メソポタミアの楔形文字から日本の毛筆書道まで。

「毛筆がすばらしいのはね、ちょっとした力の入れぐあいで、描線の勢いがまったく変わってくるところで……」

たしかに、ペンとくらべると毛筆は、濃淡にせよ形状にせよ、はるかにダイナミックな効果を生みだす。もちろん、カリグラフィー用のペン先でも、筆圧の強弱で文字の幅に差はつけられる。じっさい、そうやって生まれた装飾的なイタリック体が、修道院や教皇庁で採用され、聖書や祈禱書の写本の飾り文字となって広まった。

「わたしの友人のカリグラフィストは、すばらしい筆跡で文字を書くのよ」

さまざまに凝った書体の文字で埋まったアルバムをみせられて、そういう職業があることをはじめて知った。

「ロジェ・ヴァディム監督の『華麗な関係』という映画、知ってる?」と藪から棒にフランが質問する。

「原作がラクロの『危険な関係』だってことぐらいで、映画は観てない。ヴァディム監督の耽美とか頽廃とかは、あんまり趣味じゃない」

「だろうね」とトニーがにやにやする。

「まあ、内容はともかく。おもしろいのはね、あれは書簡体小説だから、手紙のやりとりで話が進展するわけで」

なるほど、展開が読めてきた。

「でね、ヴァディム監督のこだわりで、手紙を書くシーンを撮影するたびに、どうしたと思う?」

「その友人が代筆した!」

「そう! 彼の手が美しい筆跡で、さらさらっと恋文をしたためるシーンがいくつもあるのよ」

後日、アトリエで会ったそのカリグラフィストは占星術に凝っていた。わたしが自分とおなじ誕生日と知って、親近感をいだき、古い写本の断片に重ね書きした流麗なカリグラフィーをくれた。

あいにく例の映画は観ずじまいで、彼の手がなめらかに紡ぎだす美しい殺し文句も未見のままだ。

「フランとトニーはどうやって知りあったの？　仕事も環境も違うのに？」

何度かアトリエに出入りするようになったとき、単刀直入に訊いてみた。

「年齢も、でしょ？」

「いや、それは……」

さすがにそれはまずいと遠慮していた。でもフランは笑いながら答えた。

「気にしないで。二十歳以上、離れてるのよ。あっ、トニーのほうが年下だからね、念のため」

「去年の春、フランは五区のギャラリーで個展をやったんだけどね、たまたま、ぼくがふらっと立ちよったのさ」

そして、トニーはフランの彫刻に魅せられた。その場に居合わせた作者と話をして、本人と意気投合した。トニーは上背があって落ちついた物腰のせいで、実年齢より年上にみえた。でも、そんなことはどうでもいい。女性の魅力は（男性の魅力も）年齢と関係はない。あたりまえだけど。

なによりも、トニーがフランの創作を誇らしく思っていることは、言葉の端々から伝わってきた。頼りすぎず、離れすぎず、互いを評価しあう。わたしはこのふたりの関係が好きだった。

留学の最後の年、ずっと温めていた希《ねが》いを思いきって口にした。

「わたしがはじめてアトリエに来た日のこと、おぼえてる？　あの「兜をかぶった波」について、いろんな話をしてくれたよね。ノルマンディの海とか、産地別の大理石の種類とか」

「忘れるわけがないじゃない」

「あれ、まだ、ある？　つまり、売ってもらえない？　わたしが手を出せるようなものかどうかもわからずに、訊いてるんだけど」

「ええ、喜んで。ああ、このひとはわかってるなと思ったもの」

「きみはフランの試験にパスしたってわけさ」とトニーが軽口を叩いた。

フランは説明した。あの彫刻は売れてしまって、手もとにない。型はあるから、あらたに造ってあげよう。ただ、時間がかかるから、追って航空荷物便で送る。餞別がわりに、大理石の実費だけでいい。もちろん、エストレモス産のを調達する。あの縞文様がなくっちゃね。

わたしは迷わず一生に一度の決断をした。彫刻なんて後にも先にもこれひとつ。一目ぼれの、衝動買い。実行に移すには二年以上かかったけれど。

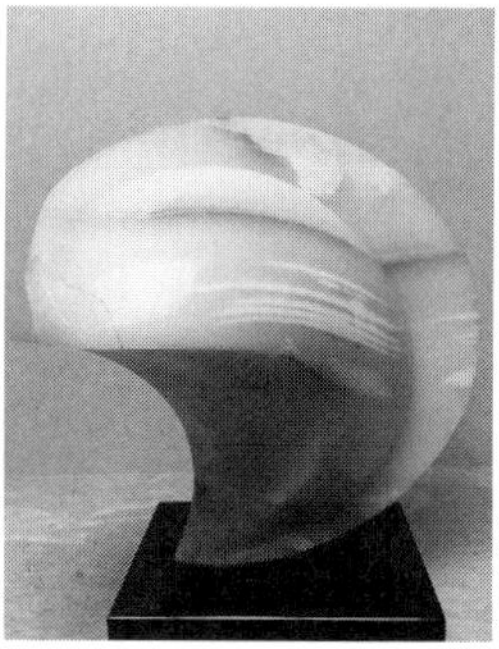

「兜をかぶった波」

フランは約束を守ってくれた。
わたしが帰国した数か月後、エールフランスの美術航空便が届いた。四隅をがっちり釘打ちされた頑丈な木箱である。釘抜きで厚い木蓋をこじ開けると、ノルマンディの潮風とアトリエの粘土の匂いがした。

パリで革命のこだまに耳を澄ます

寮と大学とを歩いて往復する日常に、なじみはじめた五月の早朝、部屋の扉を叩く音で起こされた。

「電話よ、国際電話、日本から！」

一気に眼がさめた。一九八〇年代初頭のパリの女子寮。寮に一台きりの共用電話は受信専用だ。電話番がいたわけではなく、通りすがりのだれかが適当に応答や呼び出しをする。だから、ほぼ確実にフランス語の奔流に迎えられるとわかっている寮の電話に、両親がかけてくることはめったになかった。

国の内外を問わず電話をするには、大学近くの半地下の古い建物に行ったものだ。PTT《ペーテーテー》と呼ばれた組織が、郵便、電報、電話を統括していた時代で、日本への通話は一分五〇フラン（当時のレートで約二九〇〇円）ぐらいだった。

そこへ早朝の国際電話である。なにがあったのか。

階下に駆けおり、寮の狭い電話室に飛びこみ、受話器をとった。

「大丈夫か？　無事か？　革命か？」と、遠くの受話器の向こうから、父が畳みかける。

「え？　なんのこと？」

「飛行機で迎えにいくから、荷物をまとめておきなさい。明日の晩には着く」

横から母の声が聞こえる。父の暴走を止めようとしているらしい。「二トントラックで迎えにいくから荷物をまとめておけ」は、親元を離れて東京で好き放題をする娘を諫める父の十八番だった。とはいえ、直行便でも十数時間は隔てられた娘に、いまさらそんな脅しが通用するはずもない。

「そんな必要ないって。みんなに笑われる。頼むから来ないでね」

「ミッテランって社会主義者なんだろう？」

「そう」

「じゃあ、やっぱり革命じゃないか」

「いつの時代の話？　いまさら革命なんか流行らない。というか、フランスではしょっちゅう革命が起こってるけど、いまだに、どうにもなってないから」

「だが、今朝の新聞一面には、社会主義政権誕生！と大々的に載っていたぞ」

社会党第一書記のフランソワ・ミッテランが、ジスカール・デスタンに雪辱をはたした。それは事実。ド・ゴール、ポンピドー、ジスカール・デスタンと三代つづく右派を斥けて誕生した、第五共和政初の左派政権だというのも。

「議会の選挙で左派が勝っただけよ」

「シュプレヒコールとかデモとかあるのか？　店は開いているか？　大学はどうだ？　授業は？」

「いつもと変わらない。パン屋もカフェも大学もふつうに開いてる。心配しなくていいから」と切りあげた。

事件といっても、等身大なら怖くはない。けれど遠く離れた日本では、距離と比例して想像力が跋扈する。「社会主義政権誕生！」の号外まで出たとか。肩を組んで拳を突きあげる学生と労働者の写真に、記者の期待やら不安やら思惑やらの投影された注釈が付く。父が勘違いしたのも無理はない。

近代以降のフランスで「革命」は、数十年に一回くらいの頻度で勃発する。ただし大型ともなると、一七八九年の大革命、一八七一年のパリ・コミューン、そして（ただの政権交代にすぎぬものを早々と「大型革命」認定した当時の情緒的な空気に従うならば)このたびの社会主義政権誕生と、頻度は百年に一回ぐらいに落ちつく。

「革命のときにね」と、こちらが一七八九年の大革命のつもりで話を始めると、相手は「どの革命?」と訊いてくる。復古ブルボン王政を倒した一八三〇年の七月革命、オルレアン王政を倒した一八四八年の二月革命、ヴェイユが「真のプロレタリア革命」と讃えた一八七一年のパリ・コミューン……と、革命はフランスのお家芸といっていい。

この国、とりわけパリ周辺では、政治的な不安定こそが常態であり、精神の強靭さと健全さの証なのかもしれない。

国歌「ラ・マルセイエーズ」、いや、正式名称「ライン方面軍のための軍歌」は、愛国的である以上に革命的だ。一七九二年、対岸にドイツの都市を望むライン河岸のストラスブールで作られたこの歌が、なぜ南仏のマルセイユ連盟兵の軍歌「ラ・マルセイエーズ」と呼ばれるにいたったか、その接収と換骨のドラマはさておき、これほど有名な国歌はない。

しかも、これほど国家の枠組をはみでた国歌もめずらしい。「ラ・マルセイエーズ」が革命の歌なのは、外国の侵略の脅威にさらされた母国への愛とひとしく、国内の「圧政者、裏切り者、あらゆる党派の恥知らず」への憎悪をも謳っているからだ。パリ・コミューン時に誕生し、ロシアそしてソ連の国歌に採用された「インターナショナル」は、その直系である。国際的な受容の幅においても、ときにあからさまに不穏な歌詞においても。

パリでは、革命はともかく、ストなら年中やっていた。地下鉄清掃員のストが数日つづいたときは、構内にごみが積みあがり、臭気がたちこめた。人びとは壁ぎわに寄せられたごみの横を器用にすり抜け、平然と車両に乗りこんでいく。あのごみの壁はだれが築いたのか。すくなくとも通路を掃く者はいたわけだ。

タクシー運転手、郵便配達人、航空会社の乗務員、電車やバスの運転手も、負けずにストを打ち、同業組合の底力をみせつける。管理職が現場に駆りだされるが、慣れない手つきで、ものの役には立たず、かえって怒りを買うしまつ。

銀行も例外ではなく、ストで小切手が使えなくて往生した。当時のフランスではクレジットカードが普及しておらず、少額でも小切手を切るのがふつうだった。開設した銀行口座に、あたりまえのように小切手帳が付いてくることに、ちょっと感激した。カフェの支払いに小切手を一枚切り離し、署名したとき、なんだか一人前になった気がした。

いずれにせよ、口うるさいパリの住人たちも、必要とあらば、日常的な不便にも驚異的な耐性を発揮する。異議申立は実践してこそ箔がつく。ストを打つ側も打たれる側も、明日は役割が逆転するかもしれない。ストに耐えるのが互助精神なのである。

早朝の電話で起こされた日の午後、わたしはふつうに大学に行き、帰りにフランのアトリエに寄った。友人と呼べるほど親しくなった最初のパリっ子だ。

彼女のアトリエは大学と寮の中間あたりにあった。ときどき、ふらっと寄って、彫刻の型となる粘土を捏《こ》ねているフランの仕事ぶりを眺め、半時間ほど喋って帰ってくる。先客に仕事帰りのトニーがいた。フランの年下のパートナーで、オランダ国籍だが、イギリスで高等教育をうけ、数年前からパリの大学で英国法を教えていた。

やがて、今朝の革命騒ぎに話がおよぶと、フランが身を乗りだした。

「あながち、お父さんの勘違いとはいえないいんじゃない？」

「どうして？」

「これからがほんとうの革命だから」

「？」

「ミッテランの公約、知ってるわね？　いま、いちばん問題になってるやつ」

「ああ、死刑廃止の公約？」

「そう。みんなが納得するかどうか」

数年来、新聞で、路上で、カフェで、死刑をめぐる議論が飛びかっていた。決着がつかぬまま、一九七七年にギロチン処刑が断行され、世論はまっぷたつ。

「カミュの『ギロチン』を読んだことあるかい?」とトニーが口を挟んだ。

「死刑撤廃を訴えた論考だよね?」

「うん、なにやかやと賛否両論あったみたいだけど、ぼくは嫌いじゃないな」

「否定的な意見があったのはなぜ?」

「直後にノーベル文学賞というのがね、憶測を呼んだのよ」とはフランの弁。

「死刑制度反対の世論を後押しする政治判断がはたらいたという意味?」

「ノーベル文学賞に政治判断が絡むのはいつものことさ。というか、政治的じゃない選考なんてあったかな?」

読んでみた。ものすごい直球だ。「死刑とは無用にして有害きわまる因習である」。このテーゼを証明すべく、カミュはこれでもかとばかりに、論拠をつぎつぎと示していく。いわく、冤罪は取返しがつかない。死刑への恐怖は犯罪を抑止できない。復讐、名誉、苦悩、愛国、献身といった強烈な情念が、ギロチン刑の恐怖をも凌駕するのを、歴史は幾度となく証明してきたではないか、云々。

『ギロチン』とその著者は、アルジェリア独立戦争をめぐる「煮え切らない」態度と、「タイミングの良すぎる」ノーベル文学賞受賞と相まって、いろいろな詮議にさらされた。カミュが『シーシュポスの神話』を捧げたかつての盟友パスカル・ピアの受賞への反応も冷淡だった。「近年の作品と態度決定に表われた、世界市民、平和主義者、寛大な嘆願書への署名者、死刑制度への公然の敵たるアルベール・カミュなら、ストックホルムのお気に召さぬわけがなかろう」と、死刑反対の宣言と、アルジェリア問題への公的な沈黙とのあいだに、齟齬はないのかと皮肉った。内外に議論を呼んだカミュの受賞から二十余年、一九七〇年代末になっても、死刑存続派の優位は変わらなかった。

「いまだにギロチンで首を刎《は》ねる国なのよ、フランスは」とフランがため息をつく。

「ギロチンはね、フランス大革命が流行らせた民主的な処刑法さ。貴族の特権だった苦痛なき死を、万人にゆきわたらせた。博愛主義者のロベスピエール先生のおかげでね！」

トニーの軽口にもフランは笑わない。

「大革命で始まった処刑法が、今回の政権交代でほんとうに終わるなら、それこそ本物の革命だとは思わない？」と真顔でひきとった。

話を先取りすると、その後、ミッテランは公約を守った。六割を超える存続の世論に逆らってまで、死刑廃止法案を通し、ギロチン百九十年の歴史に幕をおろしたのだった。

「革命といえば、あなたたちは知らないでしょうけれど……」と、フランがべつの「革命」の話を始めた。

「このあたり一帯はね、ソルボンヌ前の広場や舗道から、すぐそこの通りの角まで、敷石がごっそり消えたのよ。学生たちが掘りかえして、警官やら兵士やらに応戦したから」

「一九六八年の五月革命のことね。フランもバリケードに立てこもって、石つぶてをお見舞いしてやった口?」

「いいえ、残念ながら。とっくに美大は卒業していた」と彼女は眉根をよせた。

学生たちの叛乱によって、前年公開のゴダールの『中国女』が予言の色彩をおびた。赤表紙の『毛語録』を愛読する学生、アンヌ・ヴィアゼムスキー演ずるヴェロニクの通っていたのが、五月革命の発火点となるソルボンヌ大学ナンテール分校だったからだ。映像はシュールで、メッセージは過激だった。でも、フランの語った事実は生々しかった。

「もう、このアトリエを借りてたの?」

「いえ、まだ。でも、この界隈であちらこちらと探しはじめていたから、いやでも眼に入った、いろいろとね」

「いろいろって?」

「たとえば、大学のひどい対応。学生がソルボンヌの中庭を占拠した。四百人か五百人ほどで」

「大学側に交渉する気はなく、いきなり大学を封鎖してしまった?」

「そうよ、大学の自治もなにもありやしない。問答無用とばかりに、力づくで排除したもんだから、エライことになった。学生に同情した市民も加わって、みるまに「暴徒」化した。あっ、暴徒というのは当局からみての話よ」とフランは憤懣やるかたない。

「ソルボンヌ前の広場に追いつめられた学生たちが、催涙弾にむせびながらも、バリケードで抵抗したのよ」

「催涙弾って、ずいぶん乱暴じゃない?」

「あそこの角のカフェのおじさんはね、うちは近所の常連さんのたまり場だからって、店を開けていた。そこへ学生たちが、警察に追われて逃げこんだ。どうなったと思う?」

ここでフランはわたしをじっとみた。

「催涙弾よ、店のなかに、カフェに！」

カウンターと小さな丸テーブルが三つか四つしかない。十五人も入ればいっぱいの、立席だけの街のカフェだ。カウンターでコーヒーをさっと飲むか、丸テーブルにもっていき、ちびちび飲むか、そのときの気分しだい。そんなカフェに催涙弾だなんて。

「前代未聞の愚挙だな。ただ、ぼくはイギリスの寄宿学校にいて、目撃しそこなったけどね」とトニー。

わたしも事実は報道で知った。二万とも五万ともされる学生や労働者だけでなく、やじ馬も通行人も近所のひとも、いっしょくたに催涙弾をあびせられたと。それでも、身近な話ともなると、印象はがらりと変わる。その後しばらく、そのカフェのそばを通るたびに、無意識に身構えてしまうのだ。もう十年以上もまえのことなのに。いや、十年ほどしか経っていないのだとも思う。

パリ郊外の分校から市中央の伝統校に飛び火した嵐は、アカデミーの民主化とカリキュラムの変革をもたらした。

その恩恵をわたしも享けていたのだろうか。そもそも指導教授はきわめて温厚な人柄で、抑圧的なところは微塵もなく、激励はされても叱咤されたことはない。折々の個人面談のときに、口頭で進捗を報告すればよかった。きちんとした博士論文の下書きをみせた記憶もない。みせろといわれなかったので、そんなものかと、ぶっつけ本番で論文を提出する暴挙に出た。

近年ではおそらく考えられない、このゆるーい指導体制は、わたしの性分には合っていた。ふだんは自分のペースで勉強ができたし、必要があれば適切な助言が得られたから。

学生は放ったらかされて、いや、自主性に任されていた。これも五月革命の遠い余波だったのか。いい加減といえばいい加減で、自由といえば自由である。「大学の主体は学生だ」とぶちあげた五月革命の、ものすごくささやかな成就といえなくもなかった。

ボンベイで悠久の時間と諦念の深さを知る

「インドでは時間は円環なのです。いま、この瞬間も、かならずいつかめぐりめぐって来ます。悠久の時間《とき》をこえて。だから、わたしたちはなにがあっても動ぜずにいられるのです」

にこやかに決然たる口調でこう断言したのは、ソルボンヌ大学の宗教哲学ゼミで講義したインド人の女性教授である。ユダヤ・キリスト教的な時間の一回性、さらにはヘーゲルの歴史的時間の不可逆性との対比で、回帰する時間の優越性を説いていた。

「直線的時間は不安をかきたてます。失敗すると取り返しがつきませんから」

なるほど、「悠久の時間」の感覚が身についているのか、彼らには。

それからまもなく、一九八〇年のある秋の日、わたしが住んでいたパリの寮に、サリーをまとったインド人の女性が現われた。それがマリ・ドミニクだった。インド南部のケララの都市コーチンの大学を卒業し、中西部の都市ボンベイ(現ムンバイ)の貧しい地区で福祉の仕事をしている。パリには研修に来たという。口癖は「大丈夫《ノー・プロブレム》」。なにかにこだわりすぎない、というのが信条。強がりではなく、おおらかなのだ。とにかくよく笑い、よく喋り、きびきびと動く。どんよりと重い鉛色の秋空の下、あたりの空気がぱっと華やいだ。インドでも抜きんでて教育水準が高く、女性の社会参加も進んでいたケララ州の出身とはいえ、学位のある女性はまだ少数派だった。エリートにありがちな斜にかまえた感じがない。同世代の彼女とわたしはたちまち意気投合した。

「ボンベイに来ない? 住むところ世話するから」

わたしにとっては天の声だった。何年も前から伝説の西方浄土は近くて遠い夢の国だったが、当時は、個人が伝手《つて》もなく気軽に行ける国ではなかったのだ。さいわい、クリスマス休暇が近い。とりあえず二週間の予定でボンベイに飛んだ。最小限の着替えをリュックに詰めて。けっきょく、休暇が終わっても居残って、帰ってきたのは一か月後だった。

このとき、たまたまボンベイを訪れていた「コルコタの聖女」マザー・テレサに会った。いや正確には、クリケット・グラウンドにすし詰めの聴衆を前にとつとつと語る、白いサリー姿の小柄なマザーの姿を、小型カメラに収めたというべきだ。学生の旅行者だというので、親切なインド人たちに前へ前へと押しだされて、気がつくと制止ロープをかいくぐり、最前列のプレス席にいたのだった。

前年度ノーベル平和賞の受賞者をひと目みようと押しよせた人びとの熱気にあたり、頭はぼんやり、ほとんど記憶がない。見も知らぬ隣人が、あれは撮ったか、これも撮っておけ、と忠告してくれる。ありがとう、そうね、そうする、と愛想よく応えながら、撮影するだけで精いっぱい、マザーの話がぜんぜん耳に入ってこない。肝心なものをとり逃すという、またいつもの失敗か。いや、そうではない。たしかに覚えている。熱狂的な信者もいたが、みながみなそうではなかった。褒めたたえる声、感涙をたたえた瞳、マザーにふれようと差しだされる細い手、わりと冷めたつぶやき、無関係なお喋りがざわざわと。

そもそもマザーの話す英語を理解するひとは、あの場にどれほどいたのか。インドの公用語はヒンディ語、準公用語は英語である。二千に迫るともされるインド全土の方言のなかで、ボンベイではマラーティ語やグジャラート語が話される。一九八〇年当時は、英語が話せるのは高等教育をうけたひとに限られていた。都心を一歩離れれば、道路標識にも駅名標にも英語の表記はなかった。ヒンディ語のアルファベットが読めないと、自分がどこにいるかの見当もつかないのだ。多様なのは言語だけではない。宗教、民族性、習俗、風土、どれもひと括りにできない。わかった気になると足をすくわれる国だ。

とはいえボンベイの住人、それも倹《つま》しい生活を送っている人びとには、共通する特徴があった。ある種の無防備さ、もとい鷹揚さである。ただし彼らにあっては、困難な状況を乗りこえていく溢れんばかりの生命力、さらには、彼らいわく「ちょっとした不運」を笑いとばす強靭な精神力というかたちをとった。

住まい(手作りの掘立小屋)がスコールの猛襲でひとたまりもなく吹っ飛んでも、「大丈夫、また建てればいいのさ」

事故で腕や足を失っても、「大丈夫、まだ一本残っているから」

白内障で視力を失ったひとの「大丈夫」も聞いた。額のまんなかの赤い印を指さしながら、「いちばんたいせつなもの、第三の眼があるからね」と。

「なぜ、あんなに楽観的なの？　彼らは本気でそう思ってるのかなあ？」とマリ・ドミニクに訊いた。

「そりゃあ、本気よ。楽観的なのにも根拠があるの。みんな生まれたときから、たいへんなサバイバル・レースを戦いぬいてきた勝者なんだから」とあっけらかんと笑う。

「ふうん、ほんとうに心身ともにタフなひとが残っているわけね」

当時はすなおに感心した。いまなら、首を横に小刻みに振りながら「大丈夫」と白い歯をみせた笑顔の蔭に、どれほどの涙と苦悩と諦念とが隠されていたかが、すこしはわかる。

ボンベイの貧しい地区では、丈夫な赤ん坊しか乳児期を生きのびられないのは事実だった。すくなくとも一九八〇年の当時は。つぎつぎに生まれる子どもは、年長（といっても四歳か五歳そこら）の兄姉が面倒をみる。忙《せわ》しげな通勤客でごった返す駅での靴磨き、格好をつけたいデート客目当ての屋台での花売り、異国情緒に舞いあがった観光客に申してる空港での荷物運びなど、あの手この手で生活費を稼ぐ。気温も湿度も高いボンベイでは、革製のサンダルかゴム製のビーチサンダル（当時も日本製が人気で高嶺の花だった）が定番だ。革靴での通勤はかなりの高給取りである。

高給取りや観光客には遠慮なく吹っかけてよい。お金は水とおなじ、上から下へ流れるもの、と教わってきた。汚い布を振りながらまとわりつく子どもを小銭で追いはらう通勤客。定価の三倍でファンタの小瓶を売りつけられる観光客。家族の生活を支える稼ぎを首尾よくせしめる子どもたち。これこそ富の再分配によるささやかな平準化、自然の摂理にかなう正義の実践にほかならない。子どもが稼ぎ手である以上、どんなに時の政府が「子どもの数はふたりが理想」とキャンペーンを張っても、貧しい地区では子どもの数がいっかな減らなかった。

わたしが滞在した一二月から一月にかけて、ボンベイは冬だが、平均気温は三〇度を下がらない。ただし乾季なので空気はからっとして、すごしやすい。怒濤のスコールに見舞われる六月から九月にかけての雨季になると、下水道のない貧しい地区は水浸しになる。衛生的にもきびしい。家といっても、成人がやっと立っていられる天井高で、二畳から三畳ほどの広さの、ありあわせの廃材で作った掘立小屋だ。少数の鍋や食器のおかれた床は土間で、木枠のベッドがそのほとんどを占める。唯一の家財というべきベッドは両親のものなので、夜になって小屋から追いだされた子どもたちは、どこかで身をよせあって野宿するしかない。しかも、帰宅を許されるのは「朝食後」という不文律がある。朝食は自分たちで調達せよという意味だ。方途は問わない。サバイバル・レースだから。そのぶん、きょうだいの団結力はすばらしい。

人びとの身軽さにも驚かされる。市内や近郊の移動にはバスを使うのだが、これが慣れない旅行者にはむずかしい。停留所に来てもバスは停まらない。速度をゆるっと落とすだけだ。バスが数メートルまで近づくや、客はわれがちに駆けだし、バス後部の開放部にひらりひらりと跳びのっていく。赤ん坊を背負った女性がサリーの裾をひるがえして走る。お年寄りも負けてはいない。必要なのはまあまあの運動神経、それから度胸のよさ。ためらっていては乗りそびれる、最初のころのわたしのように。すでにこぼれ落ちんばかりの乗客で満載のバスにも割りこむ胆力がなければ、生きのびることはできない。

マリ・ドミニクの紹介で転がりこんだ建物の一階の部屋では、七人の若いインド人女性が共同生活をしていた。四台のベッドが二列に並び、空きは端のひとつ。先住者が規則を教えてくれる。

寝るときやひとりになりたいときは、ベッドに備えられた麻の蚊帳をおろす。そこに生まれる四角い空間があなたの「個室」。ベッドの下がロッカー代わり。ここに入るだけの所持品しかおけない。上階にシャワー室がある。湯は出ないが、水があるだけでも贅沢というもの。昼のいちばん暑いときに浴びるといい。だらだらしていると水が出なくなるのでさっさとね。

なにか手伝いたいと申しでたが、現地の言葉が話せないので、おとな相手の仕事は務まらない。なら、託児所がいい。バザーで(たぶん吹っかけられて)買った茶系のパンジャビ(長めのチュニック、細いパンツ、ストールの三点セット)に身を包み、すっかりその気になる。パキスタンの民族衣装とされるが、ボンベイでも着用する女性は多い。涼しくて動きやすい。二、三歳の子どもが三十人ほど、朝、保護者に連れられて施設にやってきて、夕食後、また帰っていく。わたしもまた例の共同部屋から通った。

毎日、ほぼ毎食、メニューはカレーだった。石臼でスパイスを砕いて作る本格的なルーを絡めた豆カレー、熱した石のうえにひろげて焼く薄いチャパティ、砂糖とミルクたっぷりの甘い煮出し紅茶のチャイ、ごちそうだった。スパイスの調合や具材が変わるので、飽きることなく、おいしく食べた。

うっすらとカレー風味の(さすがに子ども用の食事は辛くはない)ご飯が、バナナの葉に盛られて供される。スプーンを使ってもよかったのだが、本場の流儀に倣うべきだと思いこみ、見栄を張った。しかし、右手だけで食べるのは、思った以上にむずかしい。ましてや、動きまわる子どもに食べさせるのは至難のわざだと悟った。

あざやかに記憶に残った子どもがいる。朝夕、白いターバン、白い上下のクルタ・パジャマのおじいさんに送り迎えされていた二歳くらいの女の子だ。ほかの子と比べてひとまわり小柄だった。栄養状態が良くないのか。家庭の事情はわからないが、頭髪や衣服のようすでは、世話がいきとどいているとは思えない。おむつもとれていない。黒い巻き毛が、まんなかに赤い粉で印がつけられた額にかかり、黒い大きな瞳が、こちらをじっとみる。かわいい造作なのだが、表情がない。すくなくとも出さない。

ほかの子どもはおなかがすくと泣く。おむつが濡れると泣く。なんとなく気分がよくないときも、やっぱり泣く。全力で泣く。だれかが駆けよるまで泣く。または、むずかる。ところが、この女の子は笑うことも、泣くことも、むずかることもない。おなかがすいても、おむつが汚れても、声をたてない。痩せた小さな女の子は、ベッドのなかで身じろぎもしない。なにかを待つでもなく、だれかに訴えるでもなく。

「なぜ、この子は泣かないの？　なぜ、がまんをするの？」と訊いた。

「泣いても意味がない、どうせ、なにも起こらないんだから、と学習してしまったのね。むだなエネルギーは使わない、これもサバイバルの秘訣なのよ、きっと」

このときばかりは、マリ・ドミニクが心なしかいつもよりまじめな口ぶりで答え、笑わなかったことを覚えている。

ときとして過酷な運命がその道程におく障碍を、わたしがボンベイで会った人びとは、「大丈夫、大丈夫」を連発しつつ、ひとつひとつ乗りこえていくのだろう。路上に生きる子どもたちの健全な狡猾さ、おとなたちの無防備ないい加減さ、多くの善意のマリ・ドミニクたちの屈託のなさにあらためて驚きながら、回帰するインドの時間に思いをよせる。

泣きも笑いもしない小さな女の子とのことは、ほんの一瞬の、出逢いとすら呼べない、一方的な思いこみだ。それでも、二歳かそこらで達観する、いや諦念にいたる人生について、悠久の時間をこえて折々に考えてみずにはいられない。

オペラ座にジーンズで行く非常識な学生にも、カーン氏は親切だった

ずいぶんあとになってから、たいそうもったいないことをしたと気づく。そんな経験が、迂闊にも、わたしには二度、三度とある。そのひとつがジルベール・カーン氏(一九一四―九五)との出逢いだろう。

八〇年代初め、哲学の博士論文を準備していたわたしは、ときおり進捗状況を報告するために、ソルボンヌ大学の指導教授の研究室を訪れていた。その日も、手短に報告をすませたあと、緊張して教授の反応を待っていた。

「ジルベール・カーン氏を知っていますか?」

研究室のデスクの向こうから、唐突に教授が尋ねた。

「?」

「高等師範学校《エコール・ノルマル・シュペリウール》のブランシュヴィク教授の甥、というより、ヴェイユのアンリ

四世校時代からの旧友といえばわかりますね」

ようやく合点がいった。マルセイユ時代のヴェイユの伝記に頻繁に登場する名前だ。

「はい、晩年までヴェイユと親交があったかたですね」

「カーン氏に会ってみなさい。わたしからの紹介だといって。あなたの論文にとって大きな助けになるでしょう」

本来なら、ここでものすごく感激すべきだったのに、いかにも生ぬるい反応で、教授にもカーン氏にも申し訳なかったなあと、のちのち反省した。

というのも、当時はブランシュヴィクにいい印象をもっていなかったのだ。いや、端的に反感をいだいていた。ヴェイユ渾身の卒業論文「デカルトにおける科学と知覚」を及第点ぎりぎりで通した指導教官として。

この中途半端な点数に呆れたアランが、ブランシュヴィクに投げつけたとされる冗談交じりながら痛烈な皮肉が、早くからヴェイユの同窓や研究者のあいだで都市伝説よろしく広まっていた。

「二〇点満点で一〇点だって？　シモーヌなら、二〇点満点で零点か一八点かのどちらかだ。こんな点数はありえない！　きみは自分がなぜ一〇点をつけたか知りたいかね？　それは彼女がユダヤ人だからさ」

ブランシュヴィクは「同宗者」に甘いと揶揄されるのを嫌って逆に辛すぎる評価をつけた、とアランは匂わせたのだ、とまことしやかな解釈も流れた。

おそらく事実は違っていた。アカデミックであるべき卒業論文でありながら、出典や論拠をいっさい示さず自説を展開する大胆すぎる第二部が、博覧強記で鳴らしたブランシュヴィクの神経を逆撫でしたと考えるべきだろう。

ついでに、『アデン・アラビア』の愛読者をきどっていたわたしは、ポール・ニザンの尻馬にも乗った。当代一の碩学と称されたブランシュヴィクを、その著作をろくに読みもせぬまま、象牙の塔の高みから大衆をみくだす講壇哲学者と決めつけたのだった。

そんな体たらくだから、反ユダヤ主義の狼煙《のろし》となるドレフュス事件が勃発し、同化ユダヤ人を慄然とさせた一八九四年、二十五歳かそこらのブランシュヴィクが『スピノザ』の刊行によって、毀誉褒貶の激しかった「無神論者のユダヤ人」をフランス哲学界に再導入し、偏狭な国粋主義への異議申立を試みたことなど、知る由もなかった。

かくも無知で生意気な学生だったわたしは、ブランシュヴィク(正確には、その妻で、レオン・ブルム内閣の国家教育省次官をつとめたセシル・カーン)の甥にあたるジルベール・カーン氏にも、特段の思い入れはなかった。

しかし、氏はびっくりするほど親切だった。背格好は中肉中背、たいてい上質の薄茶色の背広を着て、同系色の中折れ帽とカシミアのマフラーという、落ちついた佇まい。丁寧に撫でつけた栗色の髪の下で、痩せた頬が神経質な印象を与えなくもない。たいていカフェで会って、よもやま話をする。論文の話をもっとすればよかった、ヴェイユの話を聞いておけばよかった、といまさらながらに思う。貴重な機会をむざむざ無為にする愚かな留学生に、カーン氏はたまに具材たっぷりのブルトン風クレープを食べさせてくれた。

「バゲットばかりじゃなく、もうすこしバランスよく栄養を摂らないと。若いころの不摂生はあとでこたえますよ」

たんなる世話好きの気のいいおじさんだったのか。はるばるフランスまでやって来て、ヴェイユで論文を書くという日本人がまだめずらしかったのか。あるいは、氏自身が日本の文化に興味をもっていたせいなのか。

その関心は芸術だけでなく、欧米人にはめずらしく、漢字混じりの日本語にもおよんでいた。早くから鈴木大拙の英語の著作に親しんでいたヴェイユの遠い影響かどうかはわからない。

もっとも、『バガヴァッド・ギータ』を読むためにサンスクリット語を独習し、亡くなる直前まで翻訳に手を入れつづけていたヴェイユも、漢字にまでは手を出さなかったが、氏の漢字の読み書きはかなりの域に達していた。

「漢字はいい。表語文字はすばらしい。一語一語に深い意味がこめられていて。この豊かさは表音文字の印欧語には望みえないものです」

愛用のA5サイズの方眼ノートには、「確」「鶴」「郭」などの同音異義語が几帳面な字体で綴られていた。しかるべき方法にのっとって学習しているらしい。フランスにはときどき「日本贔屓」がいるが、漢字の含蓄にまで造詣の深いひとはそうそういない。

カーン氏の若いころを知る人びとの追想によると、「尽きせぬ若々しい好奇心」が際立った特徴だったらしい。わたしが初めて会ったころは六十代後半だったが、若々しい好奇心は衰えるどころか、いよいよ冴えわたるようだった。

あらたな言葉、あらたな場所、あらたな環境、あらたな出逢い。いかなる機会も、あらかじめ切り捨てることはするまい、と心に決めているかのように。人間性《ユマニテ》への揺るぎなき信頼、眼のまえの人間をまずは肯定する勇気といいかえてもいい。

ナチス・ドイツの占領下にあって、ユダヤ系のカーン氏や親族が強いられた過酷な試練を思うなら、その信頼や勇気が生半可な決意ではとうてい維持できないことは想像がつく。ただ、氏の信頼と勇気と好奇心で編まれたしなやかな網の端っこに、ちょっとした巡りあわせで引っかかった自分の幸運に感謝するだけだ。

ある日、氏がいった。いつものようにさりげなく、ゆったりと美しいフランス語で。

「今度の週末、もし、時間があるなら、オペラ座に行きませんか。演目はベートーヴェンの『フィデリオ』です。オペラ座の会員なので、定期的にチケットが送られてくるのです。ただ、このたびは連れがみつからなくてね」

「行きます、なにをおいてでも」

一も二もなく飛びついた。学生の身でオペラ座(ガルニエ宮)に行く余裕などもちろんない。まっとうな値段でまっとうなチケットが手に入るパリでも、オペラとバレエだけは法外に高い。人気の公演ともなれば、友の会や旅行会社の予約であっというまに捌けてしまう。

オペラ座での観劇も初めてなら、『フィデリオ』を聴いたことのないわたしでも、レオノーレ＝フィデリオを演じるのが、カール・ベーム指揮のメトロポリタン・オペラで脚光を浴びたヒルデガルト・ベーレンスで、いまをときめく歌姫だということぐらいは知っていた。断る理由がない。

小躍りして承諾してから、はたと困った。どんな格好をしていくべきか。といっても、ジーンズしかもっていない。しかるべき服装でないと、入れてもらえないのではないか。そもそも正装って、なに。

そういえばヴェイユも十代のころ、母親の懇願に負けてオペラ座に行った。当時はもっと格式張っていたので、なにを着ていくかでひと悶着あったらしい。若きヴェイユはイヴニングドレスの着用を頑として拒み、男性のスモーキング・ジャケットに似た黒の上着とスカートを仕立てさせた。おなじくらい費用はかかったし、趣味が良いとはいえない。ブルジョワ的慣行とのぎりぎりの妥協だったにちがいない。

わたしにそんな凝った手は使えない。カーン氏に相談するしかない。

「かまわないでしょう。桟敷じゃなくて、一階の椅子席だから。昔と違って、いまはそういうのを気にしませんよ」

そうでもなかった。一階の椅子席とはいえ、音楽評論家が招待されるような中央の良い席だ。周囲のほとんどが正装している。幕間のホワイエで気後れするわたしに、カーン氏が笑いながらコーヒーを手渡してくれた。

「学生だから、いいんですよ。パリの街は学生に甘いですからね。それに、なにごとも経験です」

ともあれ、幕間のホワイエは見もの、いや、聞きものだった。みんなじつによく喋る。正装と普段着が雑然と混在するなか、饒舌な辛口批評の飛びから賑やかさ。ここはパリだと実感する。だれもが一端の批評家となって、とっておきの蘊蓄を披露し、呆れるくらい、よく喋る。

さいわい、カーン氏はお喋りではない。こちらが聞けば、百科事典のようにみごとに正確な答えを返してくれるが、みずから講釈を垂れはしない。謙虚にして尖鋭な知性、それがジルベール・カーン氏だった。

「若いころのヴェイユはベートーヴェンの『第九』が大好きでした」

今年は何回聴いたのかと、兄のアンドレにからかわれるくらい、好きだったのはたしかだ。もっとも後年、力を相殺しあう概念を具現するモンテヴェルディの多声音楽《ポリフォニー》に傾倒し、晩年にはついに、「永遠を反映する単調さ」を象徴するグレゴリオ聖歌にまでさかのぼっていくけれど。

カーン氏は演目がベートーヴェンだから誘ってくれたのだろう。気を遣わせないために「連れがみつからなくて」と言い訳までして(旬の名ソプラノのオペラ・チケットをだれが断るというのか)。

男装のレオノーレが用いるフィデリオ(忠実)という名は象徴的だ。陰謀で囚われた夫を探して、獄卒に身をやつす妻の苦悩と忠実。試練のあとに訪れる自由と解放。レオノーレの歌う有名な第一幕第九曲のアリア「希望よ、どうか訪れて、最後の星の輝きを蒼ざめさせないで」を聴いたとき、オペラ初心者のわたしにも、「高音になるほどに清冽さをますソプラノ」というカーン氏のベーレンス評が理解できた。

これがわたしの最初のオペラ体験だ。名ソプラノの名演を、ガルニエ宮で、過不足ない解説つきで聴く。とてつもなく贅沢な、初心者にはもったいない、オペラとの出逢いだった。

もったいないといえば、オペラ観劇のとき、ガルニエ宮の目玉のひとつをみごとに見逃した。当時の文化相アンドレ・マルローに委嘱されたシャガールが、一四のバレエまたはオペラ作品をモチーフに選び、一九六四年に完成させた新しい天井画だ。

例によって事前の情報収集が苦手なわたしは、例によって漫然とガルニエ宮におもむいた。初めてのオペラ観劇、それもパリのオペラ座で、名ソプラノの歌う『フィデリオ』。聴くまえは期待で胸がいっぱい、聴いたあとは余韻でやはり胸がいっぱい、そしてカーン氏の感想を残らず聴きもらすまいと必死だった。天井をゆっくり眺める余裕などなかった。

メインパネルをいろどる『魔笛』の巨大な天使、『ロメオとジュリエット』の抱きあう恋人たち、オープニング曲『ダフニスとクロエ』の鮮烈な赤に眼を奪われがちだが、中央パネルのモチーフのひとつが『フィデリオ』である。

剣を振りまわす青の騎士に、しずかに、決然と歩みよる緑のレオノーレの姿を確認したのは、ほんの数年前のことだ。初オペラから数十年が経っていた。

「若いころにこそ、本物にふれるべきです、芸術はとくに」

これが口癖のカーン氏の自宅はヴェルサイユにあった。開通したての急行地下鉄ＲＥＲ《エル・ウー・エル》で約四五分。かの観光名所からさほど遠くない。

「ヴェルサイユに住んでいます」と聞いて驚いた。ふしぎだ。「ブダペストに住んでいる」とか「コスタリカに住んでいる」とか聞いても、とくに驚かなかったと思う、たぶん。

訪れてみて、さらに驚いた。風格のある天井の高いアパルトマンだ。成人した子どもたちは独立し、妻とふたりで暮らすには充分な空間に、書籍と骨董と書画がさりげなく並んでいる。すべて両親から譲りうけたものだ。こうやって子どものころから本物に囲まれて、真贋の識別能力を養っていくというわけか。

さりげなさ、これも氏の、いや、仲のよいカーン夫妻のトレードマークだった。インテリアはどこまでも渋く、調度品ひとつとってもとにかく趣味がよい。不定期に開かれる少人数の研究会に、何度か出席した。あるとき、浮世絵のコレクションをみせてもらった。

「戦後、父が手にいれたものです、日本でね」

素人がみても古い手刷りとわかる版画が、一枚ずつ表装されている。

「これは広重ですか?」

「そうですよ、すばらしいでしょう?」とカーン氏は誇らしげに答える。初めて見た個人蔵の本物(おそらく)だった。

「こちらは○○です、知っていますか?」

そのときは知らない名前だった。だが、反骨精神あふれる戯画や諷刺画で名を轟かせ、近年にわかに広く知られるにいたった浮世絵師の絵だった、と思う。

大理石のマントルピースには、精緻な装飾の刻まれた象牙の根付が整然と並んでいた。これらの美術品が、いつ、どのような経緯で、カーン家の書斎に収まったのか、詳細は知らない。ふしぎに違和感はなく、何百年もそこにあったと思わせる佇まいだった。

やがて留学を終えたわたしは、帰国して数年後、カーン氏と東京で再会をはたすことになる。

新宿の書店の洋書棚で、カーン氏と再会する

フランスから帰国して数年後、留学時代の恩師ジルベール・カーン氏が複数の大学に招かれて来日した。なにかの役に立てたらと、氏の講演の通訳兼ガイドとして、首都圏の大学をいくつかお供し、講演原稿をいっしょに検討した。

講演の題目は、専門のソクラテス以前の哲学をはじめ、ドイツ現象学、アラン、ヴェイユと多岐にわたっていた。

これが遅まきながら、カーン氏の該博な知識の一端にふれるきっかけだった。もっとも、自分のことをむやみに吹聴するひとではなかったので、わたしが詳細について知るには、何年も、ものによっては何十年もかかったのだけれど。

ソルボンヌ大学の指導教授からカーン氏を「ヴェイユの旧友で、レオン・ブランシュヴィクの甥」と紹介されたとき、わたしはブランシュヴィクに芳しい印象はもって

いなかった。アランがこの「ソルボナール」(「ソルボンヌの御用学者」の意)をなにかと揶揄していたのは周知の事実だ。アランの教え子たちはヴェイユをはじめ、この謹厳な学者を困らせることに血道をあげ、「シャルティエ(アランの本名)はともかく、彼の子分連中とは反りが合わない」と嘆かせた。

とはいえ、あたかも光と影のごとく、ときに協力、ときにあからさまに反撥しつつ、フランス哲学界を牽引してきた「在野の思想家」アランと「講壇哲学者」ブランシュヴィクは、一見するほど異質ではなかったのかもしれない。

アランほど表立った政治的言動はなかったにせよ、ブランシュヴィクは二十代でドレフュス事件の反ユダヤ主義と闘い、スピノザの政教分離とコスモポリタン主義をフランスに再導入する立役者となった。政治と宗教を切り離し、市民にあらためて理性と共和主義の選択を迫った。こうして、政治の陰謀というより情念のドラマであったドレフュス事件から、たぶんに情緒的な反ユダヤ主義を排除するのに成功したのだった。

ブランシュヴィクの晴れやかな学究人生にも、一九四〇年にフランス北部がドイツに占領されるや一挙に暗雲がたちこめる。長年、「貴族的知性の象徴」としてフランス哲学界に君臨してきた大物哲学者が、ユダヤ人公職追放令によりソルボンヌを追われたのだ。レヴィナスがその「優雅な自己超越、本質的な無‐重力性、知性の飛翔」を讃えた学者は、自身の運命を粛々と受けいれ、終戦をまえに息をひきとった。

あるとき、アランの最終講義の話になり、カーン氏がめずらしく雄弁になった。

「一九三三年は暗い年でした。いろいろな意味でね。暗くて長いトンネルの始まりというべきでしょうか」

「ヒトラーが事実上の全権を掌握した年ですね」

「ヨーロッパは一気にきな臭くなりました。その年、アランがアンリ四世校の教授職を退きましたが、望んでいたような引退生活にはならなかったようです」

有名リセ(高等中学)の名物哲学教授、優秀な弟子たちを心酔させる「師《メートル》」、モンテーニュに連なる哲学的随想の名手としての地位は揺るぎないものだった。しかし、退職を控えたアランに、コレージュ・ドゥ・フランス(最高の教授陣を擁する、だれでも受講できる公開講座を運営する教育機関)からもソルボンヌからも講座の正式な依頼はなかった。人望も能力もともに不足はないと思えるのに。ベルクソンやブランシュヴィクとなにが違うのか。教育相から内々の打診があったが、「ソルボナール」の反対があると聞いたアランが依頼を蹴ったと伝えられる。しかるべき学術論文の発表を拒否するアランに、学界側も拒否反応を示したのである。

最終講義は二回。公的なものと実質的なものと。後者の記録は生徒だったカーン氏の手になる。

「公的なほうは、わざわざ土曜日に設定されていたので、生徒だけでなく卒業生もつめかけて、教室はすし詰め状態でした。おまけに教育相、大学長、校長等のお歴々がうちそろって参列し、いやに仰々しい雰囲気で始まりました」

「最終講義というのは、そんなに格式張ったものなのですか?」

「いや、特別に敬意を表したのでしょう。たいそう物々しくて、形式的で、アランとしては不本意だったようです」

主題は「公正《ジュスティス》と慈愛《シャリテ》」。お歴々が黒板のまえにずらりと坐った。生徒と卒業生たちは息を呑んだ。客人たちを退去させぬかぎり、黒板は使えない。先生《メートル》はどうするのか。

つぎの瞬間、彼らは心のなかで快哉を叫んだ。アランは客人の存在が眼に入らぬふうを装い、いつものように、白墨をとって、黒板に文字を書きはじめた。教育相はじめ一同は、あわてて自分の椅子を引きずり、生徒とおなじ位置まで退却し、最後までそこにいるしかなかった。これがアランの「公正」だった。

面子をつぶされた体の教育相は、アラン自身を褒めたたえるのは控える一方で、彼が担当した哲学準備級を盛大に褒めたたえ、外交的にその場を切りぬけた。アランは校長の肩をぽんと叩き、「かくて哲学準備級の名誉は保たれり」といったが、校長は観念するように眼を閉じた。

ほんとうの最終講義は、翌週の月曜に生徒だけのために開かれた。

「そのときアランはふだんやらないことをやったのです。生徒たちは仰天しました。つまり、前回やったことを、そっくりそのまま最初からくり返したのです。まるで前回の講義はなかったことにするといわんばかりに」

「慈愛」とはなにか、とアランは問い、みずから答える。もろもろの価値への愛、すなわち、もろもろの価値の序列を知り、この序列を情熱的に守りぬくことを前提とすることだと。ヴェイユはときに師のアラン以上にこの愛を尖鋭化し、むしろアランの師ジュール・ラニョーへと先祖がえりした、といえるかもしれない。

わたしがカーン氏とハイデガーとの関わりを知ったのも、まったくの偶然だった。それもわりあい最近になって。

ある日、新宿の書店の洋書棚でふと手にとったハイデガーの『形而上学入門』(一九五三年、仏訳版一九五八年)の訳者名をみて、びっくりした。ジルベール・カーン。同姓同名の別人だろうか。訝しがりながら調べてみた。なんと本人だ。カーン氏をめぐる驚きの種は尽きない。

ここでまたすこし時を巻き戻そう。戦後の一九五一年、カーン氏は三十七歳だった。ドイツ語に堪能だったので、フライブルク大学にフランス語の教授職を得る。奇しくもその年、フライブルク大学の教授職に戻ってきたのが、ハイデガーそのひとだ。

ハイデガーはギリシア哲学に造詣の深い若いフランス語教師を気にいり、この教師つまりカーン氏も、ソクラテス以前の哲学への回帰と形而上学の全面的刷新をうたう哲学に魅了される。やがて大教室での講義を嫌ったハイデガーは、カーン夫妻の居宅で少人数のゼミを開くようになった。

その二年後の一九五三年、フライブルクで実現した有名なハイデガーとサルトルの面談も、両方と知りあいのカーン氏がお膳立てをした。

さらにその二年後の一九五五年、ハイデガーと終生変わらぬ友情を誓ったジャン・ボーフレの肝煎で企画された「ハイデガーに捧げられた旬日」の実現にも、カーン氏は尽力する。場所は、ノルマンディの風光明媚な景観にたたずむ古城跡、スリジー＝ラ＝サル国際文化センターだ。戦後に始まり現在もつづく、国際性と学際性を特色とするシンポジウムで名高い。

わたしの興味をひくのは、風光明媚な古城スリジーが、ブルゴーニュの修道院でポール・デジャルダンの主宰した「ポンティニー旬日懇話会」の、実質的な後継であることだ。ひとつは、スリジーを所有し、国際シンポジウムを主宰するのは、デジャルダンの遺志を継いだ孫娘たち、という事実。

もうひとつは、デジャルダンの周辺に築かれた緊密かつ豪勢な人的ネットワーク。伝説のリセ教授ラニョーが教え子のデジャルダンたちと創立した「倫理的行動同盟」が核となって、ポンティニー旬日懇話会が生まれた。

その場所がすごい。シトー会草創期の一一一四年に建てられた由緒ある修道院なのだ。ワイン通なら白ワインのシャブリを連想するだろう。じっさい、ポンティニーが宗教戦争の混乱期にしょっちゅう襲撃に遭ったのも、シャブリ産ワインを掠奪するためだとの説もある。やがてフランス革命期に閉鎖され、往時の修道院の部分はあらかた破壊されるが、教会堂のみは共同体に残された。

一九〇五年の政教分離法を機に売りに出た修道院を、「世俗の修道士」を自任するデジャルダンが買い、一九一〇年、内外の知識人を招いて十日間のシンポジウムを開催した。これが第一回ポンティニー旬日懇話会である。この文化継承の聖域の運営は、ブランシュヴィクとガブリエル・マルセルにひきつがれる。

顔ぶれもすごい。国内からは、若きブランシュヴィクが創刊にかかわった『形而上学・倫理学雑誌』や、ジッドを旗頭とする『新フランス評論』の寄稿者たちが馳せ参じ、国外からは、エドマンド・ゴス、H・G・ウェルズ、リットン・ストレイチーらイギリス勢、ハインリヒ・マンやマックス・シェーラーらドイツ勢、モラヴィアやランツァ・デル・ヴァストらイタリア勢、ベルジャーエフらロシア勢などの賓客が招かれた。

十七歳で初めて参加したカーン氏は、一九三九年の開戦による幕引きまで九年間、通いつづけた。戦後、スリジーに場を移して復活したシンポジウムの運営に携わるのは、当然のなりゆきだった。

ポンティニーの後継の地スリジーで、ハイデガーを主賓とするシンポジウムが開かれた夏、五つのシンポジウムが開かれた。七月の「現代芸術」で始まり、「若い文学」「レジスタンスにまだ担うべき役割はあるか」「イスラエルの歴史的使命」とつづき、九月に「哲学とはなにか」で終わる。芸術から政治、そして哲学へと本丸に迫っていく(?)流れに配慮が感じられる。最後のシンポジウムに表立って「ハイデガー」と銘打たれてはいなかったが、選りすぐりの参加者は五十数名を数えた。もちろんカーン氏も。

強硬な抗議もあった。ジャンケレヴィッチは二度とスリジーに来なくなり、サルトルとメルロ＝ポンティの欠席も憶測を呼んだ。とはいえ、かつての「仇敵」の地で催された国際シンポジウムの成功が、ハイデガーの(時期尚早とも懸念された)哲学的復権を、なによりもドイツ本国における権威の復活をうながす契機となった、とされる。

カーン氏の翻訳の意義にもふれておきたい。一九五三年、ハイデガーは『形而上学入門』(一九三五年夏学期の講義録)を刊行する。この講義の前年にはフライブルク大学の総長職を辞し、政治装置としてのナチスとは距離をおきはじめていた。西洋哲学の「別の原初」を説く本書の重要性に疑問の余地はない。

一方、「国家社会主義の内的真理と偉大」という文言の削除を奨める弟子たちの進言を却下し、「この運動の内的真理と偉大」とのみ修正して刊行した真意をめぐり、昔も今も議論が絶えない。ハイデガー哲学を高く評価していたジャン・ヴァールがスリジーに来なかったのは、この箇所を残したことへの抗議と考えられている。

フランスでのハイデガー受容はかなり特殊である。なにより、主著の『存在と時間』(一九二七年)の完訳が遅い。部分訳は一九六四年に、完訳はようやく一九八六年に出版される。日本語版は早くも一九三九年から四〇年にかけて、英語版でも一九六二年に刊行されたこと、戦後のハイデガーとフランスの「相思相愛」ぶりを考えると、かなり遅ればせの登場といってよい。

全集第一巻『形而上学とは何か』(一九三八年)がアンリ・コルバン訳で出版される。ついで『真理の本質について』(一九四八年)と『カントと形而上学の問題』(一九五三年)、そしてカーン訳『形而上学入門』(一九五八年)がつづく。ハイデガーを原語で読まない一般読者にとって、仏語訳は重要な作業だった。

周知のように、ハイデガーの鍵語には日常的に使われるドイツ語が少なくない。ところが、これらの一見「素朴」で力強い語を、ハイデガーの嫌うラテン語系言語にそのまま移すことはできない。訳者の創意工夫の成果が、『形而上学入門』の巻末に附された、多くの新造語を盛りこんだ独仏対照表である。こういう丁寧な仕事ぶりもカーン氏らしい。

一九五〇年代は、最後の最後で、しかも他力本願で戦勝国側に滑りこんだフランスでも、全体としては敗戦のトラウマから完全には癒えてはいなかった。

ユダヤ系のカーン氏の周囲では、多くの親族や友人が職と住居と財産を失い、べらぼうに高い運賃を払って大西洋を渡るか、収容所に送られるかした。たとえ収容所送りを免れても、心身の健康を損ない、命を縮めたのである。彼自身も教職を追われ、非占領地域のエクス＝アン＝プロヴァンスに隠れ住まねばならなかった。

それなのにハイデガーの著作を、しかも曰くつきの著作をわざわざ翻訳したのはなぜなのか。反ユダヤ的な叙述は気にならなかったのだろうか。カーン氏に問う機会はなかったが、返してくれそうな答えを想像してみた。

「おかしなことを訊きますね」

これは確実にいわれるだろう。つぎに、こんなふうに諭されるにちがいない。愚かしい質問に気分を害したふうもなく、いつものように、穏やかな口調で。

「あたらしい哲学がかたちづくられる、まさにその瞬間に近くに居合わせるという、願ってもない幸運を与えられたのです。生きた哲学が語られるのを聞いた者は、自分なりのやりかたで、ほかのひとに伝える義務があるのです。迷いなどありませんでしたよ」

『形而上学入門』の序文の一節を、カーン氏は「語られたものは印刷されると語らなくなる」と訳した。そうはいっても語りはいずれ活字になる。そうであっても語らなくてはならない。自分が最良だと思えるやりかたで。

『形而上学入門』の仏語版を眺めながら、根拠もなく仮想の問答をでっちあげたあと、わたしはカーン氏のことをなんだか誇らしく思ったのだった。

ロンドンの桜の花に、晩年のヴェイユを偲んでみる

一九九五年の春、わたしはロンドンにいた。二週間ほど宿を提供してくれた友人とは、数年来の家族ぐるみのつきあいだ。彼女の家族の住まいは、ロンドン市内北部の高台ハムステッドにある。

市中央から地下鉄で二〇分ほどだが、がらりと雰囲気が変わる。家の区画がゆったりとして、街路が広く、並木が多い。あちこちの芝生で小動物が顔を出す。

朝になると、友人宅の窓からはまばゆい光が差しこみ、どこからともなく教会の鐘の音が鳴りひびく。静謐さと鐘の音のコントラストがあざやかで、気分よく、きりりと眼がさめる。

「うちの母みたいに、この鐘の音をいやがるひともいるのよ。ゆっくり寝ていられないって」

このお母さん、神経質なだけではない。子どものころ、つまり一九三〇年代、家族でパリに住んでいて、六区の名門リセのフェヌロン校（一九七〇年代に女子校から共学化）に通っていた。

「すごいね、ヴェイユの後輩じゃない」

「そうなの？　フランス語はまったくできなかったのに、みるみる上達して、クラスの優等生になったそうよ。祖父の話によるとね」

以来、この上品な物腰の女性は、わたしのなかでフェヌロン校と分かちがたく結びついた。近くに実家のあるシモーヌ・ヴェイユと路上ですれ違ったかもしれない、十三歳下の同窓の少女として。

友人宅の庭では、春がいつもの儀式をとりしきっている。日蔭に残る雪から健気に顔をのぞかせるマツユキソウに始まり、やがてクロッカスにヒヤシンスなどの球根類が白や紫やピンクの花を咲かせ、ワーズワースの「黄金の水仙」やレンギョウ、さらに純白のマグノリアが競って彩りを添える、といったぐあい。

「あっ、なにかが動いた！」

窓のすぐ下に緑の芝生が広がり、短い芝を縫って小さな影がちょこまかと移動する。

「灰色リスよ」と友人が指さすが、さっさと灌木の茂みに姿を消していた。

「昔はもっと小さな赤リスがいたんだけどね。外来種の灰色リスに駆逐されちゃったのよ」

「灰色リスもかわいいけどね」とリスを目撃しそこねて残念がるわたしに、友人がにやにやしながら話しだした。

「あるとき、母がいったの。ほら、あそこ、赤い犬が歩いてくわ、って」

「それで?」

「たしかに、赤い小さな生きものが、舗道を小走りに渡っていった。やたらに、しっぽがふっさふさでね」

「犬じゃなかった?」

「そう! キツネだったのよ!」

自宅の庭や通りに出没するキツネやリスと暮らす生活。うらやましい。

これもまったくの偶然だが、ド・ゴール将軍の「自由フランス」本部(を兼ねた自宅)も、この友人宅から徒歩圏内にあった。一九四〇年の敗戦を認めず、ドイツとの徹底抗戦を訴えたド・ゴールを、当時のヴェイユは、思想信条の違いをこえて一定の評価をしていた。

だからこそ、両親とともに兄の待つニューヨークに着くやいなや、イギリスのヴィザ取得に奔走し、ひとりロンドンに向かったのだ。「自由フランス」（のちに「戦うフランス」）に加わるために。

だが、切望していた占領地域への潜入など「危険で有意義な任務」は却下される。与えられたのは「戦後フランスの再建に資する新憲法関連文書の起草」というデスクワーク。大半は採用のあてもない骨折り仕事だったが、ヴェイユは文字どおり寝食を忘れて打ちこみ、四か月で驚くべき質と量の論考を書きあげる。

そのひとつ「暫定政府の合法性《レジティミテ》」では、「合法性」がペタン元帥のヴィシー政府にあるのか、ド・ゴール将軍の「自由フランス」にあるのかを問い、当座はド・ゴールにあると結論する。

> この（合法性という）宝が皆から蔑ろにされ地面に転がっていたとき、ド・ゴールが拾い、片付け、その委託をひきうけることを公に知らしめた。ただし、宝の所有者が返却を求める状況になるときがくる日まで。

「自由フランス」の「公文書」にしては大胆だ。ロンドンの暫定政府の合法性は、その名のとおり期限付きである。ド・ゴールに一定の威信や権利行使を託すのは、代行人としてであって所有者としてではない、と明言して憚らない。

新生フランスの憲法草稿として依頼された『根をもつこと』を含め、ヴェイユの起草した文書は、暫定政府内部には不評だった。戦後にこそ指導者になる気満々のド・ゴールは読みもしない。才能が無為に費やされるのを上司や同僚は嘆いた。「なぜ彼女はもっと現実的な提案を起草しないのか」と。

やがてヴェイユは暫定政府の方針に異を唱え、ド・ゴール派と訣別する。起草委員を辞したとき、余命は一か月を切っていた。

ヴェイユが通ったのは、ロンドンのメイフェア地区にある参謀本部だから、北部のハムステッドに足を向けたかどうかの確証はない。けれど、近隣にちらほらと立つ桜の木を眺めていると、ヴェイユもまた、ときには、これらの木を眺めたのではないかと思えてならない。


桜の花の光景は、そのはかなさが痛感されるのでなければ、あれほど強く心を打つことはあるまい。

（「断章と覚書」）


星は変わらないが遠くにあり、白い花は近くにあるが変わりつつある。手が届かぬ、手をふれてはならぬという意味で、星と花はひとしく美しい。

母国を離れ、家族や友人から別れ、時間の王国である地上に根を失ったヴェイユは、永遠のうちに美を求めた。

わたしは勝手な思い入れで、余命少なくなったヴェイユの生に、散りゆく桜をかさねていた。

「はかなさこそが美と生の証。ぱっと咲いて、ぱっと散る。この潔さ、これが日本の桜のイメージだよね」

「そう？　ロンドンの桜は、そんなにぱっと散らないわよ」と友人がわたしの感傷をぶった切る。

なるほど。ロンドンの桜の花はけっこうしぶとい。江戸末期以降、日本の桜の代名詞となったソメイヨシノとくらべると、花はひと回り小さく、白から濃い桃色まで色もさまざまだ。それでも桜が象徴する「はかなさ」は胸をつく。

「それとね、日本人がロンドンで桜だと思っている木は、アーモンドの木かもしれない」と友人がとどめの一撃。

「そうなの？」

「よく見ないと区別がつかないのよ」

「ふうん、わたしには桜にしか見えない」

「アーモンドもバラ科サクラ属だから。ただし、桜と違って白い花もあるけどね」

このころのヴェイユの断章や家族への手紙には、「桜の花」「アーモンドの木」「白やピンクの花の咲く果樹」が頻出する。ときにフランス語で「アーモンドの木」とも訳されるグリムの「柏槇《びゃくしん》の話」は、無垢な子どもの殺害と転生の物語だ。


しかし健康は急速に衰えていった。一九四三年四月、自室の床に倒れていたのを発見されて、そのまま病院に運ばれている。街を歩くどころではなかった。

それでも手紙のなかでくり返される、春のハイド・パークや花咲く果樹や草花への言及は、ニューヨークの両親にあてたメッセージなのだろう。あなたたちの娘はひとりで大丈夫。ロンドンの春をめでる余裕もあるんだからと。

さらに、「ユーモアとやさしさ《カインドネス》」を英国人一般の特徴としたT・E・ロレンスに言及しつつ、「現今のごとき苦難のときにこそ、この資質は真価を発揮する」と記した。たとえ、両親を安心させる方便であったにせよ、ヴェイユの孤独な晩年の記憶が、花ざかりの果樹であり、流謫《るたく》の身にしみる「ユーモアとやさしさ」であり、「この地で観るとまた格別な」シェイクスピアの『十二夜』であったことが、すこしうれしい。

五月末の両親への手紙には、こうも書かれている。

「近々、どこかの公園で、『お気に召すまま』を野外上演すると聞きました。これに行かない手はないと思っています」

この公演を観たという記録はない。その後、病状はどんどん悪化し、八月には亡くなるのだから。

「ところで、ヴェイユはロンドンで死んだの？」と友人が訊く。

「じゃなくて、アシュフォードのサナトリウムで」

「結核になって亡くなったのよね。こちらに埋葬されたの？」

「そう、アシュフォードの共同墓地《パブリック・セメタリー》に」

「え？　まだ、お墓参りに行っていないの？　それはよくない。命日はいつ？　八月二四日？　今回はもう日本に帰る？　じゃあ、また夏にいらっしゃい。車でいっしょに行きましょう。片道二時間のドライヴよ。それまでに調べておく」

逡巡しているまに、友人がてきぱき決めていき、ようやく墓参の決心がついた。

ヴェイユの墓参といえば、これまでも何度か機会はあった。そのたびに渋ってきた。一九八三年に没後四十年を記念する大きな式典が催されたが、なんとなく「聖地巡礼」のニュアンスがする気がして二の足をふんだ。たんにへそ曲がりの学生が、ヴェイユの死を事実として確認したくなかっただけかもしれない。

友人の説得に負けたわたしは、八月にもう一度、ロンドンに舞いもどり、濃紺の車の助手席に乗って、ロンドンから一路南をめざした。

「出てるよ、スピード！」

かなりの数値を示す速度計に注意を喚起するが、友人は笑って答える。

「ドイツのアウトバーンはこんなもんじゃないわよ。けっこうなお年寄りが平気で時速九〇マイル（一四四キロメートル）でぶっ飛ばしてる。それも戦前の代物かと思えるワーゲンで」

目的地のアシュフォードへは、ロンドンから一時間半のドライヴで着いた。当時はユーロスターが開業したばかりということもあって、大陸から英仏海峡を渡ってきた観光客で賑わっていた。かつての結核療養地の面影はない。

没後四十年の記念式典で、共同墓地からさほど遠くはない大通りが「シモーヌ・ヴェイユ・アヴェニュー」と命名された。

「どうせなら、アヴェニューに面したホテルに泊まりましょう」

ガイドブック熟読のうえで、友人が予約したのは、スパと屋内プールをそなえたリゾートホテルだ。妙にトロピカルな内装が通りの名にそぐわない気もしたが、アヴェニューには案内板が立っていた。

「この通りは、一九四三年に、アシュフォードのグロヴナー・サナトリウムで、三十四歳で亡くなった、フランスの作家にして哲学者のシモーヌ・ヴェイユを記念して命名された」

ホテルの花屋で小さな花束を買った。地図を調べ、そんなに遠くないはずと、友人の車で共同墓地をめざす。

「ここじゃない？　共同墓地という標識がある」

「そうかなあ」と友人が疑わしいという顔をする。

風雨にさらされた柵は朽ちはて、半開きの鉄の門扉は腐蝕がひどく、さわると鉄錆がぽろぽろ落ちる。一歩踏みこむと、何年、何十年も放置され、ひび割れた墓石がそこかしこで傾き倒れている。雑草は生え放題。それらしい墓もみあたらない。尋ねるにも人影はなく、あまりの荒れはてように、わたしも友人も言葉が出ない。

こんなところにヴェイユの……。

日の長い夏とはいえ、いつまでも明るくはない。草だけがむやみに繁茂する墓地のまんなかで、風に吹かれて立ちつくす。そのとき友人が叫んだ。

「わかった！　ここは古い共同墓地なのよ。いまはもう使われていない。ヴェイユが眠っているのは、新しい墓地のほう、たしか、バイブルック・セメタリーじゃなかった？」

「そうだ！」

友人の直感はたいてい当たる。わたしは安堵とともに、そそくさと助手席に乗りこんだ。まばらに道行くひとに尋ね、標識に助けられ、バイブルック・セメタリーを探しあてたときには、すでに日も翳っていた。

さすがにこちらは手入れがゆきとどき、ヴェイユの墓も難なくみつかった。中央に姓名と生没年の記された、四角い簡素な白花崗岩の墓石に、最小限の事実を告げる英文の石碑が寄りそう。

「一九四三年、ロンドンの暫定フランス政府に合流するも、結核を発症し、アシュフォードのグロヴナー・サナトリウムで死去。その著作ゆえ現代の主要哲学者に数えられる」と。

一九五八年の落成式までは、まともな墓石も碑文もなく、地元では「(公費で埋葬される)貧者の墓《ポウパーズ・グレイヴ》」と呼ばれていた。質素な墓をみかねたヴェイユの「讃美者たち」の懇願に、遺族がようやく動き、レジスタンスの闘士の墓に使われた墓石が選ばれたらしい。

ふしぎなのは、無防備な娘をあれほど気遣い、陰に日向に付き添い、文字どおり生かしてきた両親が、十五年ものあいだ、娘の墓を「放置」してきたことだ。たとえば一九三六年、娘がスペインで大やけどを負い、(「アナキスト」にろくすっぽ手当をしない)フランコ派の病院に収容されたと知るや、両親はすぐさまリュックを背負い、国境を越え、病院をつきとめ、娘をフランスに連れ帰った。そんなこともあろうかと、フランス・スペイン両国の国鉄職員の支援を取りつけたうえで、国境の街で待機していたのだ。この先見性と機動性が、娘の脚を切断から救ったといってよい。

ひるがえって、墓をめぐる淡々とした態度もわからなくはない。匿名性に埋もれて眠るという娘の遺志を尊重したとも考えられる。あるいは、あえて関与せずにいることで、受けいれがたい事実に抗おうとしたのだとも。

わたしはといえば、さんざん道に迷い、日暮れにようやく探しあてた墓石を眼にしても、ヴェイユの死をほんとうには実感できなかった。きっとあとからじわじわ来るのだろう。

ともあれ、萎れた花束を墓前にそなえ、自分なりに、ひとまずは、ヴェイユの死と折りあいをつけたのだった。

II

想像力にもてあそばれることなく、ある邂逅により純粋なかたちで立ちあらわれる瞬間、過去は、永遠の色彩をおびた時間に属する。そこでは実在の感覚は純粋である。まさに純粋な歓びである。それが美である。プルースト。

『ヴェイユの言葉』

タフで陽気な旅人たちが、北の国からやって来た

一九八八年の夏、わたしにとって、大きなできごとが起きた。ご多分にもれず、大きなできごとは、さりげないかたちをとってやって来る。アンデルセンやグリムのおとぎ話でも、「善い妖精」は、たいてい、めだたない老人や貧者、あるいはよるべない孤児の姿で現われる。

待ち合わせたのは都内の駅の改札口。なかなか来ないので、迷子になったかと心配になりはじめたころ、わたしの「善い妖精」は、リュックを背負ったふたりのバックパッカーの姿でやって来た。

年老いてもいなかったし、か弱くもなかったが、その日、泊まれる宿を探していた。肩口までまくりあげた半袖の白いTシャツ、裾を切りっぱなしの膝丈のコットンパンツ、素足に白いスニーカーといういでたちで。

「はじめまして。グニーラよ」と体格のよい金髪の女性が手を差しだした。日に焼けて真っ赤な顔に満面の笑み。

もうひとりが進みでて、「わたしはマリ」と挨拶する。赤毛の短い髪で、痩せていて、こちらはさらに背が高い。

ともに一九四八年生まれの四十歳だが、童顔のグニーラもシャープな顔立ちのマリも、せいぜい三十歳そこそこ、まちがっても四十歳にはみえない。身体も鍛えていたが、なにより気が若い。三十代前半のわたしが勝手にイメージしていた、落ちついたおとなの女性像は、一瞬にして砕け散った。

初対面だが、知人に頼まれて、しばらく泊めることになった。その知人も彼女たちを直接には知らない。彼らは国際的な旅の組織に属していて、自分が異国で宿を借りるかわりに、自国を訪れる会員には宿を貸すという、互助義務を負う。

現代風にいえば、国際親善を目的とするNPO団体だろうか。ベルリンの壁が崩壊するまえから、共産圏を含む世界じゅうに、情報ネットワークが張りめぐらされていたとは、すごい。

家に着くや、ふたりの旅人はリュックを玄関の床にどさりと置き、迷うことなくさっさと靴をぬぎ、「お世話になります、よろしく」とぴょこりと頭をさげた。

グニーラは生まれも育ちもストックホルムのストックホルムっ子。大学で古ノルド語とジャーナリズムを専攻し、いまもストックホルム都心のフラットに住む。労働災害が専門のジャーナリストだ。

マリはチェコスロヴァキアの首都プラハで生まれ育ったが、当時は、スウェーデンのイェテボリに住み、地域病院に勤務する歯科医師だった。

明るいがときどき妙に理屈っぽくなるグニーラと、外交的であけっぴろげなマリは、息のあった旅の相棒だった。

その日の午後は、ふたりの旅人とコーヒーを飲みながら、それぞれに癖のある英語で喋った。ネイティヴがおらず、ハンディはおなじだ。少々あか抜けない表現も、気後れせずに使える。

言語的に相手と対等であるという意識。ある種の公平感《フェアネス》。北欧に通うようになって味わった解放感だ。話は弾み、持参の缶ビールが空きはじめ、空き缶の数が三本、四本と増えていき、下戸のわたしはコーヒーをすすり、相槌をうった。

「約束の時間に遅れたのには理由《わけ》があってね。英語が通じなくて」とグニーラ。

「でも、みんな親切だった。最後に尋ねたおばあちゃんなんか、わたしの手をひいて、どんどん先を行くの。こっちこっちって」とマリがつづける。

「で、着いてみるとね、駅のぐるっと向こう側にある警官の詰め所だった。ここで訊きなさいって」とグニーラ。

「詰め所？　ああ、交番のことね」とわたしが確認する。まだ、「コウバン」が世界的に認知される以前のことだ。

ただ、お巡りさんの説明によると、乗るべきホームは交番とは反対側だった。ふたりはがっくり。この暑いさなか、重いリュックを背負って、人ごみのなかを抜けて、もとの側に戻るのかと。

でも、気をとりなおし、親切なおばあさんとお巡りさんに笑って手を振り、コウバンをあとにし、大汗をかきかき、ようやく乗るべきホームに辿りついた。

「怪しいふたり組ですって、警察に突きだされたのかと思って、一瞬、焦った」とマリがなかば真顔でいった。

おばあさんに手を摑まれて、駅の構内を連れまわされたあげく、制服警官のまえに引きだされたマリの狼狽ぶりを、そのときは大げさだと思った。けれど、官憲がつねに市民を保護するとはかぎらないことを、彼女は体験的に知っていた。そのあたりの事情をわたしが知るのは、もっと親しくなってからである。

ふだん使っていない和室を提供した。日当たりはよい。お好きにどうぞ。

「ベッドはないけど、どうする？」

「ぜんぜん、問題ない！」

ふたりはそれぞれのリュックに括りつけていた寝袋《シュラフ》を畳に広げ、「これがベッド」と寝転んでみせた。

プロの登山家が使いそうな重装備で、仕様は分厚く、しかも意外に軽い。ほかにマット、ランタン、ナイフやマルチツール、アルミの食器セットなどキャンプ用具一式と、野宿ができそうな周到さ。シーツや食器を洗わずにすむように、宿主の負担を軽くする工夫だ。合理的だし、それなりに気を遣っている。身の回りの必需品を背負って移動するから、リュックが巨大になるわけだ。

「わたしは夜型で、朝は遅い。勝手にそこらのものを食べて。冷蔵庫のもね」

「了解。ここは天国よ。ありがたい」

彼女たちがわが家にやって来た日の翌日、いつものように昼すぎに、寝ぼけながら起きだした。ひとの気配に、そうか、お客がいたんだと思いだす。

グニーラの髪が濡れている。

「おはよう。シャワー浴びたの？　お湯の出しかたとかわかった？」

「ううん、わからなかったから、水のシャワーを浴びた。夏だしね。気持よかったよ」

いくら夏でも水シャワーはきつい。

「起こしてくれればよかったのに」

「干渉しない決まりを初日から破るのもね」

それに、自分はヴァイキングの子孫だから、水シャワーなんて平ちゃらだと笑う。充分な睡眠をとって元気いっぱいのグニーラをみていると、風邪なんかひきそうにない。

互いの生活に干渉しない。このルールにしたがい、食事や寝起きもばらばらだった。わたしは夜型の生活をつづけ、昼すぎに起きだすと、たいていふたりの姿はなかった。旅人たちは英語とスウェーデン語の二冊のガイドブックを携え、せっせと首都近郊を駆けめぐった。夕方には、だれがいいだすともなく、報告を兼ねたお喋りが始まる。もちろん参加は自由。

やがて、ふたりは近所の商店をひとつひとつ制覇していく。とりわけ江戸前寿司に惚れこんだグニーラは、商店街でちょこちょこ寿司折りを買う。大型スーパーもあるのだが、商店街のひとたちと喋るのが好きなんだそうな。どうやって意思を通じさせているかは謎だが、魚や肉の店では、数年まえから住んでいるわたしより顔が売れているのは事実だ。たまにおまけまでもらってくる。

あるとき、グニーラが「ヨーロッパ」と、「スカンディナヴィア」または「北欧《ノルディック》」と使い分けているのに気づいた。

「ロンドンやパリはヨーロッパの都市なのよ、もちろん、ベルリンやローマもね。でも、たとえばストックホルムは、スカンディナヴィアまたは北欧の一部であって、ヨーロッパとかさなる部分もあるけど、まるまるいっしょではない」とグニーラは主張する。

スカンディナヴィアはデンマーク、ノルウェー、スウェーデンという地政学的・言語学的に同質の文化圏をさし、北欧はこれに言語学的に異質のフィンランドを加えた文化圏をさすらしいこともわかった。

「わたしを含め、たいていのスウェーデン人やノルウェー人は、自分のアイデンティティの拠りどころを、ヨーロッパではなくスカンディナヴィアに求めているんだと思う」

「そこに、デンマーク人は入ってないの?」と素朴な疑問をぶつけてみた。

「そうねえ、彼らは、半分スカンディナヴィア人で、半分ヨーロッパ人みたいなものだから」

「どういう意味？」

「ヨーロッパというのは、文化的で洗練されてるという意味、良くも悪くもね。学生時代は週末にコペンハーゲンまで遊びに行った。夜中でも街に灯がともり、路上にはひとが溢れて。ああ、ここはヨーロッパの都市だなあと思った」

真意を摑みかねているわたしをみて、グニーラは朗らかに言葉を継いだ。

「ただし、朝からあんな甘ったるいデニッシュ（デンマーク産のパンの意）を食べるなんて、信じられない」と意味不明のいいがかりをつける。質実剛健を旨とする北欧水準からみれば、菓子パンは世紀末のパリやベルリンを連想させる「頽廃」なのだと。

あとからふりかえれば、一九七三年、イギリスとともに早々とＥＣ（欧州諸共同体）に加盟したデンマークと異なり、一九八八年当時、スウェーデンもノルウェーも未加盟だった。

ＥＣが一九九三年にＥＵ（欧州連合）へと拡大統合すると、スウェーデンは一九九五年に加盟するが、ノルウェーは二度の国民投票否決により非加盟を維持。もっとも、三国ともユーロ圏には入らず。だからデンマークは「半分スカンディナヴィアで、半分ヨーロッパ」なのか。

グニーラは生まれ故郷のストックホルムが大好きで、自分の国スウェーデンを誇りに思っていて、これまであまり北欧の外に出たことがない。それはよくわかった。では、なぜ、世界旅行を？

「スウェーデンというか、北欧やバルト海沿岸に共通すると思うけど、キリのいい誕生日を盛大なパーティでお祝いする習慣があってね」

「キリのいい誕生日って？」

「四十歳とか五十歳とか」

「でも、あなたたちはパーティを選ばなかった？」

それまで黙っていたマリが口を挟む。「つまりね、飲んだり喰ったりのために、けっこうな大金を、ぱっと使うのはもったいない。だったら、自分たちが使っちゃおう、もっと有効に、と考えたわけ」

「旅をするには、四十歳がちょうどいい」とグニーラがいう。「五十歳じゃ、体力的にきついかなと思った」

いえいえ、あなたたちなら大丈夫。

「だけど、仕事は？　休職したの？」

「グニーラはフリーランスだから、問題はない。旅先で書いた記事を、いろんな雑誌に売ればいい。腕のみせどころよ。わたしは歯科医だから、旅先で稼ぐのは無理。で、出発まえに勤務先の公立病院をやめてきた」

「スウェーデンを出て、もうすぐ一か月になる。これからさらに九か月かけて世界一周するの」とグニーラがつづけた。

「一〇か月の世界一周ということ?」

「そうよ」とマリがこともなげにいう。

「それにしても、一〇か月の世界旅行という発想はどこから?」

「かんたんな話よ。行きたいところをリストアップしていったら、こうなったの。まあ、資金の問題もあるけどね」

「だから、フラットを妹と分けあって住んでいたグニーラはともかく、わたしは部屋を引き払い、ささやかな家財は友人にあずけてきた」

「おまけに旅行のために借金もした。これはふたりともね」とグニーラ。

「つまり、三重苦というわけ。家ナシ、職ナシ、借金アリ!」とマリは屈託ない。どれだけ自由な人たちなのか。

「貯金? わたしもグニーラも残高はゼロ。いわば、政府に貯金しているわけよ。税金というかたちでね」

いまでこそ北欧の「高福祉高負担」は広く知られている。けれど、北欧初心者だったわたしはマリの言葉に驚いた。そんなに政府を信用しているのか。

「スウェーデンではね、自分にそれなりの見返りがあると納得しなければ、だれも高い税金なんか払わない。とっても合理的なの。いいかえればごまかしがないから、理屈が通らないことは受けいれない」

彼らは倹しく、理屈っぽいが、必要な支出は惜しまない。国際機関への寄付も、頭割りでは世界トップ水準だ。国内でも、納めた税金の約二割が他人に使われても頓着しない。お互いさまだから。八割は学費や医療費や失業保険として、いずれ時間差で回収できる。税金を多く払えば、それなりに多く戻ってくる。

「それなりの見返り」が政府に保証されていて、その保証を国民が信じている。稼げるうちに応分の税金を納め、学業やら病気やら失業やら老齢やらで、稼げなくなったときに必要なだけ引きだす仕組。つまり政府に貯金という発想。

「わたしたち、今年はほとんどスウェーデンにいない。だから、納めた税金の大半が戻ってくるのよ」とグニーラがいう。

「どうして?」

「国の支援をうけていない以上、払う義務もないから」

じっさい、世界一周から帰ったグニーラは、役所でかんたんな手続きをすませ、所得税の大半を還付されたと聞いた。

「まず、ストックホルムから客船でヘルシンキに行った」とグニーラ。

「そして、無税の酒で祝杯!」とマリ。

酒類の税率が高い北欧の酒飲みは、週末に国境をまたいで酒の買出しに行く。無課税の酒が手に入る大型客船は、多島海を移動する地上の楽園だった。

そこからがほんとうの旅の始まり。ヘルシンキ経由で、ソ連(現ロシア)のレニングラード(現サンクトペテルブルク)に入った。シベリア鉄道の路線を乗り継いで、チベット、モンゴル、中国を経由して、はるばる日本にまでやって来た。

机に広げられたしわくちゃの地図とタイトな旅程表を一瞥しただけで、かなりの体力と根性が必要だとわかる。

期日オープンの世界一周航空券を握りしめた旅人たちにとって、日本は、そしてたまたま泊まったわが家は、シベリア鉄道によるユーラシア横断と、つぎの目的地のオセアニアとをつなぐ、たんなる中継地だったのかもしれない。

一方、わたしにとっては、はるか遠くにあった北欧への扉が、しっかりと、開かれた瞬間であった。

超絶運転のボンネットバスで、チベットを行く

一九八八年八月の暑い午後、東京のわが家に、巨大なリュックとともに転がりこんできたグニーラとマリは、世界一周の旅の途中だった。それぞれストックホルムとプラハの生まれだが、当時は、どちらもスウェーデンに住んでいた。

互いの生活に干渉しない。具体的には、食事や寝起きの時間をむりに合わせない。おおらかだが、こまやかな配慮もできる人たちで、気分よくすごせた。

ある日、買い物から帰ってくるなり、マリが戦利品をみせてくれた。

「ほら、これ、近所の店でみつけた、掘り出し物！」

マリが意気揚々と紙袋からとりだしたのは、鳶職人の履く地下足袋だった。しっかりした厚手の黒い布地で、ゴム底は白っぽい。遠目にはブーツにみえなくもない。

「どこで？　近所の？　ああ、あの環状通り沿いの？」

「すごく格好いいと思わない？」

「丈夫だとは思う……」

「サイズもぴったりの二六センチがあったのよ。めずらしいことに。しかも安い！」

とマリはうれしそうだ。

年がら年中、「店じまい、在庫一掃セール」をうたい、「全品半額！」を売り文句にするチェーン店だ。すくなくともわたしの住んでいた数年、ついぞ店じまいをしなかった。

「どうやってコーディネートするの？　ふだん使いに向いてるかなあ」

「ライヴ・パフォーマンスに！」

「ライヴ？　なんの？」

「アマチュアのロック・バンドをやってるのよ。ときどき演奏もする。わたしはベースとヴォーカル担当」と跳びはねながら、マリはひとしきりエア・ベースを演じてくれた。

「これ、ジカタビっていうの？　ロックンロールよね！　バンドで演奏するときのショートパンツにぴったりだと思わない？　だから半ダース買った」とマリの鼻息は荒い。

地元イェテボリのロック・フェスの仮設舞台上で、仲間とお揃いのジカタビを履きこなし、ベースを弾いているマリを想像してみた。悪くない。いや、格好いいと思った。

マリのロックとおなじく、あるいはそれ以上に、グニーラのジャズには年季が入っていた。アルト・サクソフォンを吹くのだが、学生時代に始めたので、四十歳の世界旅行の時点で、すでに二十年以上のキャリアがあった。時間と経済に余裕があるときには、週一回の個人レッスンに通うといった力の入れようだ。

「迷ったのよねえ、最初、ソプラノ・サックスにするか、アルトにするかで」

「ごめん、違いがわからない」とジャズに疎いわたしが水をさす。

「ソプラノのほうがはるかに軽くて小さいから、持ち運びがしやすい。旅行にだって持っていける。アルトは、首が曲がってるから、その分重くて大きい。だから、さすがに今回の旅に持ってくる元気はなかった」

「でも、アルトにしたのは?」

「ジャズの主旋律を吹けるからね。テナー・サックスはさらに大きくなるし、扱いを考えて、アルトにした」

グニーラがウォークマン（懐かしい!）で聴いていたジャズのカセットテープ（古

い！）を残してくれたおかげで、わたしもサックスの名手コルトレーンやソニー・ロリンズが好きになった。やはりマリの置き土産のテープのおかげで、北欧のロックに親しんだように。

ふたりは「ちょっと二、三日、留守にする」とリュックを背負い、Tシャツとショートパンツにスニーカーというでたちで出ていく。数日後、ふらりと旅先から戻ってきて、しばらく休んで英気を養い、ふたたび出ていく。

思いのほか長くなった一か月近い滞在で、外国人向けの新幹線・在来線乗り放題パスをこれでもかと使い倒し、列島を縦横無尽に踏破した。

ふたりが東北の旅から帰ってきた日、わたしはグニーラの質問攻めに遭った。『遠野物語』を読んで遠野に行き、藁ぶき屋根の民宿に泊まり、鄙びた感じがえらく気にいったようだった。

「そもそも、オシラサマって、なに？」

「オシラサマねえ……。お蚕さまと関係があったような、なかったような……」

子ども時代の記憶がよみがえる。母方の祖母の生家に日当たりのよい離れがあり、広い室内に造りつけられた蚕棚のなかで、かすかだが耳に残る音を立てながら、無数の蚕が柔らかい桑の葉を食べていた。家の裏には広い桑畑があり……。

貴重な収入をもたらす蚕がうやうやしく「オカイコサマ」と呼ばれていた覚えはあるが、オシラサマとの関連はよく知らない。

「それって人間？　神さま？　西洋の神話でいうと木や泉に棲みついてる精霊みたいなもの？」

「たぶん、家かなにかの守り神、だと思う」と適当に答えるが、口にしたそばから違う気がする。

「巫女はなに？」とグニーラが畳みかける。

「巫女……ええと、神さまの言葉を人間に伝える……」

「神さまって、ブッダ？　神道？」

「悪いけど、わたしの知識はあなたたちとおなじか、それ以下だから、聞かないでくれる？」

「自分の国のことなのに、なんにも知らないのねえ」とグニーラが呆れる。

「ごもっとも」

下北半島の恐山の口寄せのことも質問されたが、お手上げだった。

「ええと、イタコ？　霊媒、メディウムとかいうんだっけ？　コナン・ドイルは信じていたよね？　あのシャーロック・ホームズの」とイギリスの心霊術をひきあいに出して説明を試みたが、やっぱりなにか違う気がした。

彼女たちの尽きせぬ興味と体力をみちびくのは、二冊の分厚いガイドブック。かたや有名なドイツのベデカー社の英訳版、かたやスウェーデン語のもので、歴史や習俗、神社仏閣の建築様式や宗教機能にいたるまで、図版つきで微に入り細をうがった懇切さと情報量では互いに譲らない。

「いつもこんなにディープな事前調査をするの?」

「まあ、そうね。せっかく遠いところに行くのに、肝心なものを見逃すのはいやじゃない?」

「ごもっとも」

遠い国や地域に出かけては、準備不足で、しょっちゅう肝心なものを見逃すわたしには、返す言葉もない。いつも反省はするのだが、あいにく、その反省がつぎに活かされた例《ためし》はない。

もっとも、グニーラの熱心さは旺盛な好奇心だけでなく、きわめて現実的な理由によっても支えられていた。グニーラにとって、旅先の記録はこのたびの世界一周旅行の費用を補塡する手段だった。

あらかじめ複数の雑誌とフリーランス契約し、訪れた先々でエキゾチックな主題を発掘しては記事にする。専門分野である医療・労災・高齢者福祉の記事は行政誌に、文化・文芸の記事は女性誌に振りわけて。

「恐山」の記事は女性誌に売れた。女性誌といっても、文芸、インテリア、旅行記、税や法律の相談、経済コラムが載っている。なかなか硬派だ。あとで掲載誌が送られてきた。

「グニーラといっしょに世界一周」という不定期連載のタイトルロゴの下で、にっこり微笑むグニーラの写真、それとはいかにもそぐわない荒涼とした印象を与える恐山の写真、そしてグニーラの記事が、堂々の見開きカラー二頁に収まっていた。

グニーラの家族はそれぞれに個性的だが、きわめつきはグニーラの母方のお祖母さんだ。一九世紀末の生まれで、手に職をつけた女性の走りらしく、上流階級向けのハイエンド・ドレスメーカーだった。顧客にグレタ・ガルボがいて、お祖母ちゃんの帽子のセンスが気にいって贔屓だったというから、すごい、すごすぎる。

「お祖母ちゃん、もうすぐ一〇〇歳になるのよ。そろそろ生きているのに飽きてきた、と本人はいってる。ただ、内臓が人並み以上に頑丈でね、とくに悪いところがない。これじゃ、なかなか死ねないっていってこぼしてる」とグニーラが冗談めかしていっていた。

お祖母ちゃんの一〇〇歳の誕生日にはグニーラの書いた記事が、祖母と孫娘のツーショット写真付きで、高齢者福祉の行政誌に掲載された。「口の減らない元気な一〇〇歳」のタイトルには不謹慎ながら笑ってしまう。

高齢者福祉の行政誌といっても、高齢者の恋愛とか相続のもめごと相談とか、けっこうシビアでリアルな内容で、それはそれでびっくりする。

頭の回転が速く、ユーモアがあって、毒舌をはく、内臓のやたらに丈夫なお祖母さんも、やがて一〇五歳の天寿をまっとうした。

出たとこ勝負で書いて、あとから売りこむ記事もあれば、あらかじめ注文を取りつけておく記事もある。たとえば、とある大企業の工場訪問は後者に属する。

「これはどの雑誌に載せるの？」

「広域連合《ランスティング》の『労働環境』という雑誌」

「広域連合」は主として医療・保険を扱う地方共同体のユニットだ。地方分権の進んでいるスウェーデンでは大きな裁量権を与えられており、医療・福祉関連の地方行政や予算を差配する。

グニーラの専門は広域連合の労働災害、労働環境に由来する健康被害、福利厚生の向上などだ。世界一周を終えて帰国したあと、北欧最古の大学のあるウプサラの広域連合に就職した。その後、カロリンスカ研究所(ノーベル生理学・医学賞選考委員会が設置される)の公衆衛生の広報にもかかわった。

今回の工場訪問では、知人の伝手を頼り、グニーラの希望する製造業(世界的な超一流企業!)になんとか渡りをつけた。訪問先の工場には、あらかじめインタヴューの趣旨と掲載雑誌の名を伝え、日程などの交渉をした。北欧からの取材がめずらしかったのか、話はすいすい進み、新幹線の往復切符まで送られてきた。

取材当日、マリを留守番に残し、わたしは通訳としてグニーラに同行。予定の時刻に新幹線の改札口を出ると、八人乗りのバンが待機している。「VIP待遇だね」とグニーラと浮かれながら、工場へ。

その企業が世界に誇る経済効率と技術革新について、広報の女性が数値や図解を交えて丁寧に説明してくれる。わたしは専門的な内容についていけず、しばらくすると考えはさまよいはじめる。グニーラが脇を突っついてくる。もっと正確に訳せといいたいのか。

ふいに、グニーラの質問が鋭くなる。労災の確率や補償、福利厚生一般の話になったのだ。非正規労働者の待遇はどうなのか、賃金体系は正規労働者とどう違うのか、彼らが怪我や病気をしたらどうなるのか、とけっこう訊きにくいことを訊く。

いちいち翻訳するこっちの身にもなってくれと思いながら、ちょっと手を抜くと、気配を察知するのか、グニーラがせっつく。

「どう？　ちゃんと訳してる？」

「まあ、だいたい」

「だいたい、じゃなく、きちんと訳してよ。広域連合の広報誌に載せるんだから、いい加減なことは書けない」

これがジャーナリストの一面なのだろうか。いつもは呑気で、おおらかな、というか、おおざっぱな性格なのに。

東京証券取引所のルポも注文仕事のひとつ。バブル崩壊前夜の一九八八年当時、いまでは想像できないほど日本の証券取引所の存在感は大きかった。翌年の大納会に、日経平均株価の終値が最高を記録した時代だ。

東京証券取引所で働く大学時代の友人に、この年に完成した新本館の案内を頼んだ。株券や売買の完全電子化はまだだったから、指一本で億単位の金額が動く現場には活気が溢れていた。

ガラス張りの見学ギャラリーからは、階下のフロアが一望できる。すし詰め状態で立ち働く人びとの忙しない身振りと、ガラス越しにかすかに伝わるざわめきとが、なんだか釣合いがとれず奇妙な感じがした。

その後、背広姿の証券マンに混じり、グニーラは子どもみたいにはしゃいで、すき焼きを平らげ、その「豪快な食べっぷり」で招待してくれた友人をいたく感激させた。

「日本に来るまでの旅で、いちばんスリリングな経験は?」

「そうねえ、チベットかな」とグニーラ。

「ダライ・ラマのお説教?」と、わたしはダライ・ラマ十四世が亡命中であることも知らないという恥をさらす。

「ううん、バスの運転」

「は?」

グニーラは身振り手振りと素朴な感想を交え、マリの合の手を挟みつつ、「スリリングな」バス登坂を語りだす。

「チベットのお坊さんたちは高い山のてっぺんのお寺で修行をしているんだけどね、そこへ行くには一日に数本しかないバスに乗るのよ」

「このバスの通り路が曲者だった」とマリ。「お寺へとつづく崖沿いの路が、とにかく長くて、とんでもなく険しい」

天を衝く赤い山肌に、ぐるぐると林檎の皮を剝くように、狭い路が穿たれている。車幅より左右二〇センチずつ広いかどうかの砂利路を、修繕したのはいつの話？　みたいなポンコツ寸前のボンネットバスがひた走る。

「心底、震えあがったわよ。もう死ぬかもと、何度も観念した。天国に、いいえ、極楽浄土に直行かと」とグニーラ。

乗客の気持など忖度することなく、バスは疾走する。タイヤで弾かれた石ころが、ぽーんぽーんと転がり落ちていく。

「眩暈のしそうな深ーい谷底へとね」とマリがわざと暗い声で締める。

路の凹凸にボンネットバスがガタピシ揺れ、バスと一蓮托生の乗客も揺れる。

「運転手はなれっこなのか、楽しそうだった。あの決死のドライヴは、山頂での何年分かの修行に匹敵するかもね」とグニーラは満足げにため息をついた。

それはどうかなと思いつつ、訊かずにはいられなかった。

「よく事故が起きないね」

「起きてる。報道されないだけよ」

またしてもグニーラがジャーナリストの顔になっていた。

一九六八年、戒厳令の夜、マリはプラハを去った

こうして、グニーラとマリは東京のわたしの家で一か月近くをすごした。ふたりの旅人が遠出から帰ると、たいていゆるゆると報告会が始まる。缶ビールを勢いよく空にしていくウワバミたちに煽られるように、わたしも気が大きくなったところで訊いてみた。

「マリはプラハ生まれなのに、スウェーデンのパスポートなのは、なぜ?」

外国の友人とのつきあいには暗黙のルールがある。ある種の領域には踏みこまない。とくに「政治/宗教」そして「階級」にかかわるグレーゾーンには。ジェンダーや人種ほど可視的でない分、かえって面倒だったりする。

でも、ふたりとはすぐに打ちとけた。精妙な表現力を欠くがゆえの率直な物言い。女学生みたいな合宿生活で培われた親しさ。加えて、たんに「ウマが合う」という感

覚。そのせいで、同志のような遠慮のなさが生まれたのだと思う。

「そう、グニーラとおなじパスポート。スウェーデンは共産圏ともつきあいがあるから、たいていどこへでも行ける」

「じゃあ、チェコスロヴァキアへも？」

「チェコへは帰ってない。一九六八年に、出ていったきり、一度も」

「それって、まずいこと？」とわたしはおそるおそる訊いてみる。

「まあね。いま帰ったら、入国管理局で足止めを喰らう程度にはね」

「どうして？」

「亡命したから」とマリはこともなげにいう。

「亡命って、犯罪？　つまり、チェコ当局からみたら？」

「まあね」

「帰ったら、逮捕される？」

「さすがに、スウェーデン国籍の人間を拘束はしないと思うけど」

「だから、チェコには帰れない？」

「当分はね」

「国を出たのが一九六八年ってことは……」。なるほど、わかってきた。

一九六八年、世界じゅうで革命や動乱が起こった。パリの路上で抗議した学生に機動隊がなにをしたか、彫刻家のフランから聞いたのを思いだす。

チェコでもおなじ、いや、もっとひどかった。いつまでたっても上向かない経済、それ以上に、上向きにならない気分。ところが一九六八年一月、ドゥプチェクが第一書記になる。

「一気に期待が高まった。彼は改革派だったから」とマリがいった。

「変わった?」

「そりゃあ、驚くほどね」

「具体的にはなにが?」

「まず、共産党の機関誌の論調かな。スターリンに批判的な記事を載せるなんて、以前なら考えられなかった」

「検閲がなくなったってこと?」

「というより、なくなったのは自主規制という名の検閲。新聞も放送も生き生きとして、みちがえたわよ。やればできるじゃない、みたいな」

「そんなに?」

「とくにスターリン時代のドキュメントが出てきてね」

これは聞いたことがある。フルシチョフのスターリン批判をきっかけに、粛清や密告の事実が暴露された。

「だけど、希望も生まれた。これから社会が変わる兆しだと思えたから」とマリは朗らかにいう。「一九六八年、ちょうど二十年まえ、わたしはプラハの大学の医学生だった」

「学生は改革に賛成だった?」

「そりゃあそうよ。心底うんざりだった。自分の国のことを決めるのに、いちいちソ連のお偉方の顔色を窺わなきゃならないことにね」

四月には改革案が出た。チェコとスロヴァキアの自治。思想と表現の自由。とくに放送と出版における検閲の廃止。中央集権の緩和。

「大学では授業なんかそっちのけで、毎日、芝生に坐りこんで、ああでもないこうでもないと議論した。教授たちも見て見ぬふりで」

この昂揚した数か月が「プラハの春」と呼ばれる。共産党主導で、合法的で、漸進的な改革が進むかと思われた。

「でもね、改革をちょっとずつなんて、しょせん無理よね。まどろっこしくて」

やがて、上からではなく下からの民主化が叫ばれた。改革は急進化するものだ。夏になるころには、雲行きが怪しくなる。他の東欧諸国は自国への波及を怖れ、ソ連の態度は硬化する。

きっとソ連の軍事介入がある。スパイがどこにいるかわからない。流言蜚語が飛びかい、だれもが疑心暗鬼になる。

「怖いのは、身近なひとが信じられなくなったこと。友人とか家族とかね。知ってる? いちばん多いのは、親を密告する子どもだって」

戒厳令下のプラハ。夜の外出は禁じられ、街は闇に沈んだ。

「一度、浮かれたあとの締めつけは、こたえるものよ」とマリがいう。「体制が変わるのをただ待っているのは、もういやだ、と思ったのよ」

その日、マリは家族に宣言した。

「わたしはスウェーデンに行く。みんなはどうする?」

共産党の幹部だった両親と年若い弟は、プラハに残ることを選んだ。まさか、軍が市民に発砲するとは信じなかった。いや、信じたくなかった。

マリの心は決まっていた。その夜のうちに、なにがあっても、ひとりでも出発する、ぜったいに心変わりはしないと。そして、家族に別れを告げた。

「灯火管制で、街は真っ暗。そこを、家の蔭から蔭へ、そう、こんなふうに、さささっと、走っていった。映画のなかのニンジャみたいに、身を隠しながら」

マリが身振り手振りを交え、おどけて語るが、笑いごとではない。たったひとり、空港に向かうのだ。

「しかもね、街角のあちらこちらに、兵士が銃をかまえて立ってるのよ」

「ソ連兵?」

「そうよ、だから、おっかないのよ」

「ふだんから、そうなの? つまり、武装した兵士がそのへんに立ってるって、ふつうのこと?」

「まさか! 六月ごろから急に増えたのよ。ポーランドやブルガリアの兵士もいたと思う。へたをすると、問答無用でバーンよ。戒厳令を破り、外出禁止を無視して、うろうろしてるんだから。しかも、荷物かかえて、空港に向かっているとなれば、確信犯とみなされてもしかたがない。言葉も通じないしね」

マリが身振りを交えて語った逃走譚は、古くさい冒険活劇みたいに突拍子もなく、幻燈みたいにくるくるとめまぐるしかった。

「あとで思ったものよ。あのとき、銃をかまえていた兵士たちは、とても若かったなと。わたしとおなじか、いえ、もっと若い、十代なかばの子どもたち」

「そんなに若い兵士がいるの？」

「きっと喰いつめて軍隊に入った農家の子たちだったのね」

「農村は貧しいの？」

「都市部に住んでるのは党のエリートとその家族だから」

どこかで聞いたような話だなと思いながら、続きをうながす。

「それで？」

「わたしが出国した翌日の夜、ソ連軍が、いえ、ソ連軍に率いられたワルシャワ条約機構軍が入ってきた」

「ワルシャワ条約機構軍？」

「ソ連の率いる東ドイツ、ブルガリア、ハンガリーなんかの東欧の軍事同盟のことよ」とグニーラが補足する。

「いのいちばんに空港が閉鎖、チェコ全土もあっというまに制圧。あっけないもんよ、ちいさな国だもの」とマリがつづけた。

もちろん、チェコは「ちいさな国」ではない。街の歴史を語る住民たちは、枕詞のように「プラハは偉大なる神聖ローマ帝国の首都だった」と胸をはる。

西欧文明とは一線を画しつつ栄華を誇ったボヘミア王国の独自性、プロテスタント改革の先駆けとなったヤン・フスの信念、一九三〇年代、ナチズムとスターリニズムの両方に抵抗したカレル・チャペックの反骨。

けれど一九三八年、ドイツ軍のチェコ領ズデーテン侵攻にも、チェコの同盟国であったフランスはヒトラーに迎合し、なにもしなかった。その三十年後、ワルシャワ条約機構の同盟諸国はソ連のブレジネフに追随し、チェコに侵攻した。

二度までも、当事者のチェコスロヴァキアは蚊帳の外だった。決めるのはいつだって「大国」だ。この二度の失望が、マリの言葉に自嘲の響きを与えたのだろうか。

マリは運よく脱出できたけれど、ほんのすこし出遅れたせいで、空港で拘束された人たちも多かった。こういうとき、一瞬のためらいが運命を左右する。

「小さな荷物ひとつで、ストックホルム行きのプロペラ機に乗りこみ、エンジンの振動を感じたときに、しみじみ思った。ああ、わたしの人生がようやく始まるんだって」

マリが空港をあとにした翌日、侵攻してきたワルシャワ条約機構軍の二十万人の兵士と二千台の戦車に抗うすべもなく、まず国際空港が閉鎖され、つぎに国営放送局が占拠された。

「チェコスロヴァキア軍はなにをしていたの?」

「ワルシャワ条約機構軍に包囲されて、兵営内に留め置かれたのよ。いざというときに市民を護ることもできずにね」とマリは無念そうだ。

放送局はなにも放送せず、延々と国民歌「ヴルタヴァ」を流しつづけた。せめてもの抵抗だった。

「ヴルタヴァ」はスメタナの交響詩『わが祖国』の第二曲だ。一時、落魄《らくはく》のスメタナがイェテボリに住み、そこでの成功をひっさげて凱旋をはたしたことと、マリがイェテボリを第二の「祖国」に定めたことに、なにか関連があったのか。

あるいは、丘にそびえる重厚な城をそなえた中欧の華プラハとは、まったく異なる開けた雰囲気の、グニーラのいう「コスモポリタンな街」で、まっさらの紙に自分の手で設計図を引きなおしたかったのか。

身寄りもない異国の地で、人生を一から始めるために、どれだけのものを捨てたのか。第一に家族。第二に安定した将来。得たものは異国での「政治難民認定」と「支援」、そして母国での「非国民」の汚名。

「チェコでは、いまだにわたしは犯罪者扱いよ。国外逃亡は重罪だから」

マリが二十歳で生き別れた家族と再会をはたすには、一九八九年（世界一周旅行の翌年！）にベルリンの壁が崩れてからも、なお数年待たねばならなかった。

「そもそも、なぜ亡命先にスウェーデンを選んだの？　親戚か知りあいがいたとか？」

「知りあいとはいえないけど……」

「けど……？」

「文通相手《ペンパル》がいて……」

一瞬、耳を疑った。文通相手がいるだけの縁で、その国に亡命をするのか。でも、あとで考えなおした。なるほど、文通相手から情報を得ていたからこそ、スウェーデンを選んだのか。

インターネットのない時代、個人にとっての主たる情報源は手紙だ。もともとスウェーデンは共産圏の人びとに人気の亡命先だった。

豪放にみえて細心なマリのことだから、最初から狙いをつけて、かの国の文通相手を選んだにちがいない。

なんとまあ、無茶で無鉄砲な、と最初は呆れたけれど、熟慮のうえの決行だったのだろう。

マリはすみやかにマルメの収容施設に送られた。チェコスロヴァキアからの亡命者は、政治的配慮から、優先的に政治難民の認定がうけられたのだ。

「マルメってわかる？　スウェーデンの南端にあって、気候は温暖で、外国人にも住みやすい」とグニーラが口を挟んだ。「ストックホルムなんかより、はるかにコスモポリタンな街よ。海峡の向こうはコペンハーゲンだしね」

グニーラがマリと出逢ったのもマルメである。政治難民の収容所を取材したときに、てきぱきと対応してくれたマリと意気投合したのだった。

「マリはマルメでなにをしたの？」

「三年間、昼間は職業訓練所に通った。すこしはお小遣い稼ぎにもなるし」

「働くにしても、言葉ができないと困るでしょ？」

「だから、スウェーデン語をみっちり勉強した。外国人のためのスウェーデン語講座があったからね、もちろん無料で」

「だけど、チェコ語とスウェーデン語ってぜんぜん似ていないよね？」

「プラハではドイツ語の勉強もしていたから」

たしかにドイツ語と北欧語は似ている。というか、北欧語とくにデンマーク語はドイツ語の影響をうけてきた。

マリがドイツ語を選択したのは医学部の学生だったから。カフカみたいにドイツ語のギムナジウムに行ったのか、チェコ語のギムナジウムでドイツ語を第一外国語として学んだのかは聞きそこねた。

「それでも最初は苦労した。なんといっても発音がね、ふにゃふにゃしてて聴きとれない。おまけに、いろんな国のひとやいろんな年代のひとが混ざっているのよ。かなりの年配のおとなから、こんなちっちゃい子まで！」

そういいながら、マリは五歳か六歳くらいの未就学児の背の高さを表わす仕草をする。

「腹がたつのはね、そういう子らのほうがさっさと喋れるようになることよ」

小さな子どもに先を越されたと悔しがりながらも、マリはスウェーデン語を修得し、奨学金を得て大学に進んだ。

「住まいが与えられ、生活費も支給されて、無料でスウェーデン語を学べる。ほんとにありがたかった。ここは社会主義国家かと思ったわよ」

難民に認定されてから、一人前の社会人になるまでの約十年で、大学を卒業し、歯科医師になる。そして、イェテボリの公立病院に就職し、高い税金を払う側にまわった。

さらにその約十年後、四十歳を祝うために、友人のグニーラと世界一周の旅に出たのだった。「どこへでも行ける」スウェーデンのパスポートをもって。

雨のなか、マリが赤のミアータを洗っていた

「来年の夏、スウェーデンで再会を！」

グニーラとマリは四十歳の誕生日を祝うために、背丈の半分はある巨大なリュックを背負い、一〇か月の世界一周旅行を敢行する途上で、わが家に思わぬ長逗留をした。意気投合したわたしたちは、翌年の再会を誓いあう。

一九八九年、わたしは約束を守り、ストックホルムのアーランダ空港に降りたった。湿気がなく、凜として、肌を刺す冷気。摂氏一五度とは思えない。たしかに、北欧の八月はもはや夏ではない。

まず数日、グニーラが妹と住んでいたフラットに転がりこんだ。王宮のある旧市街《ガムラスタン》以外は、市内の道路がやたらに広く、やたらに自動車の数が少なく、やたらに通行人が少ない。グニーラの愛情と自嘲のこめられた表現「ストックホルムは巨大な田舎」

が腑に落ちる。

バスはきれいで使い勝手がよい。市内や郊外をくまなく網羅する系統番号がわかれば、ほぼどこへでも行ける。中心地からは深夜バスがあり、夜中でも帰宅手段の心配はない。

とにかくストップとストップの間隔が狭い。発車したかと思うと、すぐに減速し、停車する。初めはバスの調子が悪くて、エンストしているのかと思った。

「どうして、こんなにちょこちょこ停まるの？　つぎのストップが見えてるじゃない」

「病気のひとやお年寄りが、ちょい乗りするのに便利なようにね」

乗降口近くのベビーカーや自転車のスペースには、車輪止めなど使いやすさを考えた工夫がある。三十年まえの話だ。ここでは「だれもが年をとる」とか「子どもは社会の未来」とかの掛け声が嘘っぽくない。

その後、グニーラと列車に乗って、マリの暮らすスウェーデン第二の都市イェテボリに向かった。友人宅に泊まるときの礼儀として、それぞれシーツ代わりの寝袋を持参して。

中央駅でマリが待っていた。

「荷物があるから」とうながされて、路面電車《トラム》に乗った。大きな窓から眺めを堪能するまもなく、六つか七つめのストップで降りる。

「海の近く? 潮の匂いがする」

「そう、うちの家から歩いて数分で、イェテ運河よ」

職場の病院へも歩いて通勤する。五十万人都市だが、体力と時間があれば、徒歩か自転車でたいていの用がすむ。

スウェーデン最盛期のグスタフ二世アドルフに由来する古都だが、若者や外国人に開かれた印象をうける。

イェテボリは映画祭の街である。一九七九年、一七作の上映と三千人の観客で映画祭は始まった。やがて玄人好みの上映が、世界じゅうの映画通を惹きつけた。いまや四五〇作を上映し、十六万人の観客を動員する、北欧最大の映画祭である。

最優秀北欧映画賞(ドラゴン・アワード)、長篇ドキュメンタリー賞、ベルイマン新人賞など、いくつかのカテゴリーに分かれ、マニアックな映画ファンにも人気がある。

ドラゴン・アワードに与えられる一〇〇万クローナ(約一三〇〇万円)は、映画賞には破格の金額らしく、ときに話題になる。ただ、受賞関係者への報奨金というより、配給支援または次作の制作支援の意味合いが強い。

「英語圏なら、受賞すれば放っておいても採算がとれるけどね。北欧の作品じゃ、こういう助成がないと、広域での上映もおぼつかないのよ」とグニーラ。

数百万人単位の人口しかいない北欧諸国では、映画にかぎらず、文化的な営為一般は、私的・公的な経済支援がないと立ちゆかない。

「お金を出すが、口も出すってことにならない？」とあえて無粋なことを訊く。

「出さないわよ！　スポンサーじゃないのよ、メセナなんだから！」とグニーラが憤慨する。

スポンサーには商業的な、メセナには公共的なニュアンスがある、と説明されるが、違いがいまひとつわからない。

北欧には、金額の多寡こそあれ、助成制度がいろいろとある。プロテスタント的な互助精神の名残なのか、成功者が富の一部を社会に還元するのを当然とみなす考えが根づいている。

だから、定職につかなくても、あちらこちらで助成金をもらい、研究や芸術にかかわる仕事ができる。いわばセミプロの研究者がたくさんいて、「贅沢しなければ大丈夫」といたって呑気だ。セーフティネットがあるだけで、こんなに生きかたの選択の幅が広がるのか。

イェテボリは学生の街でもある。一五世紀創設の伝統校ウプサラ大学や一七世紀創立のルンド大学に比べ、イェテボリ大学の歴史は長くない。むしろ新参ゆえの進取の気性に富んだ学科構成が、国内外から多くの学生を集める。

おりしも学期の終わりで、イェテボリ大学の図書館でも在庫一掃セールの最中だった。キャンパス内にテントが張られ、サイズ別に無造作に段ボールに放りこまれた古書が、二束三文で売られていた。

図書館から除籍された、優に半世紀は使われたとおぼしき骨董水準のものが多い。スウェーデンの学生にとっては、虫喰いだらけの黄ばんだ頁の古本でも、わたしには宝の山だ。

革の装幀の古書も少なくない。本が贅沢品だった時代の名残がして、掌になじむ良質の革表紙の本は、ついつい表紙買いしてしまう。そのときは、うれしさとものめずらしさで、北欧の文学作品をまとめ買いした。

「これはおまけ」と差しだされたのは、りっぱな装幀の三巻本。アンデルセンの同時代人ザクリス・トペリウスの『星に導かれた王家の子どもたち』だ。ヘルシンキ大学総長をつとめた歴史家の知見と、ロマン派詩人の想像力とを混ぜあわせた、独特の歴史ファンタジーである。

青と白の表紙に型押しの金文字で表題と飾絵《ヴィネット》がほどこされた、小型の全集本の一部である。一八九九年刊行で、当時すでに九十年経っていたが、きれいに使われて黴びてもいない。

この貴重な古書を、ありがたく押しいただき、ぐるぐる包装してから、リュックに詰めこんだ。

重さによろけながら、マリの待つフラットに帰り、リュックをずしりと床に置くと、マリが眼をまるくする。

「どうしたの、それ?」

「古本を買った。図書館がセールやってたから。いつか読みたいと思って」と適当な返事をした。まだスウェーデン語のスの字も知らないのに。

「そう、がんばって」とグニーラはまじめに励ましてくれる。こういうとき彼女はぜったいに茶化さない。ありがたく思うべきかどうかは、わからない。

イェテボリは港湾都市でもある。北にノルウェー国境、西にカテガット海峡を控え、イェテ運河とイェテ川を擁する。デンマークやスウェーデンといった近隣にかぎらず、ドイツ、オランダ、イギリス、アイルランド、フランスへもフェリーが就航する。文化的にも地政学的にも、外界へと開かれている。

ぴったりの街ではないか。一九六八年、チェコスロヴァキアの民主化がソ連の軍事介入で頓挫したとき、自由を求めて、たったひとりで母国を去った、二十歳の医学生だったマリに。

その後、スウェーデンで大学に行き、イェテボリの公立病院に歯科医師として勤務するかたわら、アマチュアのロック・バンドでベースとヴォーカルを担当する、当時、四十代のマリにも。

マリが日本で買い求めた「ロックンロール」なジカタビを、観衆に披露したという公園に、いっしょに行った。森のように深い。中央あたりに来て、マリが開けた空間を指さす。

「夏至のころ、仮設の舞台ができる。観客は仮設のベンチや芝生に坐るのよ。わたしたちはお揃いのジカタビを履き、舞台上で跳びはねた。受けたわよ」

階段状に組まれたベンチ席は少額だが有料で、芝生席は無料だとか、こまかい。それでも、有名無名のプロ、セミプロ、アマチュアのグループが競って舞台にあがるお祭りで、けっこう人気があって、子連れの家族ですぐに満席になる。

短い夏には、オペラからロックまで、ルネサンス演劇からモダンダンスまで、野外の仮設劇場がフル稼働する。

マリの北欧ロック入門の指南にしたがい、数軒のレコード店でＣＤを買いこんだ。イェテボリを発つころには、古書とＣＤでリュックがずしりと肩に喰いこみ、へなちょこの身にはこたえた。

個性的な案内人たちのおかげで、わたしは北欧が好きになり、何度も通うようになる。ただ、おおむねストックホルムとヘルシンキが目的地で、グニーラとはよく逢っていたが、イェテボリにまで足を伸ばすのは稀だった。

マリの二十数年ぶりの帰国も、グニーラの手紙で知った。亡命者となったマリが、（スウェーデン国籍で）生まれ故郷のプラハに帰り、老いた両親や成長した弟と再会するには、ベルリンの壁が崩壊してから、さらに数年の歳月を要したのだ。

二〇〇三年、ストックホルムのグニーラから、東京のわたしに一枚の写真が送られてきた。雨の日に、長靴を履き、傘をさしたマリが、得意満面で赤のミアータを洗っている。

日本製のふたり乗りオープンのロードスターは、英語圏ではミアータと呼ばれ、人気がある。中古車の売買が一般的なヨーロッパで、新車のスポーツカーは贅沢品だ。一九九八年、マリは五十歳の「キリのいい誕生日」に、自分へのプレゼントにまっさらのミアータを奮発した。

「はい、ポーズ！」とでも叫びながらカメラをかまえるグニーラをまっすぐみる、マリの笑いに屈託はない。わざわざ雨の日に洗車をするなんて、なんだかばかばかしくてマリらしい。

「わたしの好きな写真です」と写真の裏にグニーラの手で書いてある。なぜマリが自分で送ってこないのか、しかもちょっと古い写真を、と訝しんだが、そのまま日がすぎた。

数か月後に、またグニーラから封書が届いた。いやな予感がした。

「びっくりしないでね。先週、マリが亡くなったのです。あまり苦しまず、息をひきとった。週末だったので、数人の親しい友人たちとマリのそばにいられたのが、せめてもの慰めでした。

あなたには知らせるな、心配をかけるだけで仕方がないからと、マリに止められていたので、教えなかったけど、マリは治らない病気にかかっていた。

あんなに潑溂としたひとが難病をわずらい、すこしずつ衰えていくなんて、その眼でみていないあなたには信じられないでしょう。わたしでさえ、いまだにほんとうには信じられない。

この一年は寝たり起きたりの状態だった。でも、最期まで、意識は一瞬もよどむことなく、だれかに怒りや苛々をぶつけたりすることもなく、あいかわらず、ふざけて、ひとを笑わせる名人だった。

わたしは長年の友人を失うと同時に、あのナンデモアリのトンデモナイ世界一周旅行のかけがえのない相棒も失ってしまった。なんだか自分の記憶の一部を、力づくで、もぎとられたみたいに」

後日、ストックホルムで逢ったグニーラがぼそりといった。「マリは、息をひきとる一瞬まえまで、百パーセント生きていた」と。

陽気なマリの人柄に引きよせられるように、バンド仲間をはじめ、友人や同僚たちが、かわるがわるやって来て、笑い声が絶えなかったとも。

「わたしはいつも通りの生活がしたい。気のおけない友だちとばか話をして、気分のいいときはベースを弾き、好きな音楽を聴きたい」

こうしてマリは自宅療養を選んだ。

「マリは病院じゃなく家で死ぬことを望んだ。だから、一日に何回も、看護師や介護士が家にきた」

「だれでも希望すれば、かなうの?」

「だいたいね」

「もう治らないとなったら、病院から自宅に戻るの?」

「そうよ。末期には、医療だけでなく、身の回りの世話も、専門家がやる」

「訪問看護、いや、介護というやつね」

「そうすれば、家族が慣れない介護でくたびれはてずにすむし、精神的なケアに専念できるから」

身近なひとに求められるのは、他人には代替できない「精神的なケア」にかぎられる。合理的な考えだ。しかも人間的だと思う。

生まれてから死ぬまで、個人が周囲に余計な気兼ねをせずに生きられる。個人が幸せでなければ、ゆたかな社会とはいえない。私益とはすなわち公益である。この信念が共有されなければ、「高福祉高負担」なんて理念に終わる。

マリは旅行で訪れた中国の路上や屋台で、鍼灸や漢方が実践されるようすに、いたく感銘をうけていた。

「痛みの緩和に専念する。この考えかた、いいと思うな」

「対症療法には限界があるでしょ?」とわたしは懐疑的だった。

「治らない病気なんていっぱいある。というか、原因がわかってて、治療法が確立している病気なんて、ほんの一部じゃないかな」

ほとんど無償で医療を提供する病院に勤務しながら、なぜそんなふうに感じるのか。当時は真意をはかりかねた。

ただ、世界一周の旅から帰ったあと、マリが専門学校に通って東洋医学を学び、鍼灸師の資格をとったと聞いても、驚きはなかった。

病院勤務を辞めたがっていたが、なにを変えたかったのか。理由を訊きたくても、すでにこの世のひとではない。あんなにあっけらかんと、人生を思いっきり愉しんでいるようにみえたのに。

五十歳になる直前、マリは自分の病名を告知された。治療法はなく、確実に進行し、数年で死にいたる難病。余命は五年と診断された。でも、いや、だからこそ、マリはミアータに乗りたかった。だから、買った。それだけ。

一年、いや二年も経てば、洗車どころではなくなるかもしれない。そうと知りつつ、雨のなか、傘をさして、おどけながら愛車を洗った。車はぴかぴかでなくちゃ、とくにスポーツカーは。

「それだけのことよ、ほかになにがある?」というマリの声が聞こえてくる。

バルト海の島ゴトランドで、三人と犬一匹が合宿する

年に一、二度、北欧に行くようになって、ずっと温めてきた夢がある。暮れなずむ白夜の夏至を古式ゆかしく祝ってみたい。ごつごつした岩礁の島で、気心の知れた友人たちといっしょなら、いうことはない。ただ、機会がないまま、二十年近くすぎた。わたしが北欧に通うきっかけとなったのは、日本で出逢った旅人のグニーラとマリだ。そこから芋蔓式に何人かの親しい友人ができた。

類は友を呼ぶのか、たまたまなのか、「ゆるさ」を許容する社会だからなのか、わたしの北欧の友人や知人には、自由な働きかたをするひとが多い。

たとえば、二名の仕事を三名で分けあう「ジョブ・シェアリング」は、給料は減るが休みは増える。あえて定職につかず、「交代要員」を選ぶ者もいる。

「交代要員ってなにをするひと?」とグニーラに訊いてみる。当時、グニーラは好

んで交代要員をやっていた。労災関係の雑誌の編集や記者として、仕事にあぶれることはなかった。

「病気や出産で休職するひとの仕事を、一時的に肩代わりする。そのひとが復職するまでのあいだね」

「じゃあ、そのひとが戻ってきたら辞めるの?」

「そういう仕事の仕方が、わたしには合っていると思う。長いことおなじ職場にいると、どんよりする」

彼女にかぎったことではないが、定職を望まないのは、自分の流儀で、自分のペースで仕事をするためだ。自由な時間がほしいからね、とグニーラはいう。

じっさい、週末は芝居やコンサート、近場のピクニックやサイクリングに行く。ハイライトの夏には、二、三週間の休みをとって、島や森の別荘(たいていはDIYの小屋)にいそいそと出かける。みごとなほどレジャーにお金をかけない。だから、あくせく働かなくてすむ。

グニーラの友人マイリスもそうだ。彼女とも長いつきあいになる。フィン語系フィンランド人だが、大学卒業後、ストックホルムの会計事務所に就職した。

「当時、フィンランドはどん底の不況でね、経済学部を卒業してもろくな就職口はなかった。スウェーデンのほうがましだったのよ」

以来、ストックホルムに住み、仕事も住まいもあるが、スウェーデン国籍を申請する気はない。

フィンランドの国民的叙事詩『カレワラ』の揺籃の地とされるロシア国境近くの北カルヤラ(カレリア)――フィンランドとロシアとスウェーデンによる三つ巴の争奪戦にさらされてきた地域――の出身で、フィンランド国籍はぜったいに手放さない。六年に一度の大統領選に一票投じるため、という理由で。

数年ごとに異なる企業に派遣されて、財務内容の監査をするのが仕事だ。

「働く環境が数年ごとに変わるのは、気分も変わっていい」とグニーラみたいなことをいう。

技能を生かし、必要に応じて、必要なところに派遣される。腕に覚えがあれば、自由のきくこの働きかたも悪くはない。

二〇〇七年夏、わたしのレンタル携帯電話が鳴った。法外な課金システムには閉口するが、こういうときは役に立つ。

「いま、ロンドンだったよね? 一週間後、ストックホルムに来られる?」

電話の声はマイリスだった。

「とくに予定はないけど。そっちでなにかあるの？」

「今度の夏至、うちの別荘ですごさないかと思って。いってたでしょ、ゴトランドの小屋を修復中だって。それがやっと完成してね。グニーラも来るって」

いつもは冷静なマイリスの声が華やいでいる。わからなくもない。何か月もまえから、こつこつと手をかけてきた初めての「別荘」だ。

ストックホルムの南、バルト海域に浮かぶゴトランドは、その名にたがわずゴート族の住まっていた島だ。古くはバルト海沿岸に荒稼ぎ(掠奪)にいくヴァイキングの根城として、一一世紀以降はハンザ同盟の中継地として栄えた、城壁に囲まれたヴィスビィの街を懐にいだく。

「行く、ぜったい行く。ちょっと待ってて。すぐにかけなおす」と叫んで、近くの旅行代理店に走った。

ロンドンからストックホルムへは、格安航空便が頻繁に飛んでいる。じっさい、レンタル携帯の通話十数分の代金で往復切符を買うことができたので、電話で便名を伝えた。

「ヨハンは来ないの？」

マイリスのパートナーだ。ふたりは数年つきあっているが、結婚しそうな気配はない。近年の北欧では、子どもが生まれてから結婚するひとが多い。一方で、生まれても結婚しないひとも少なくはない。

親が結婚しているかどうかにかかわらず、子どもが不当な扱いをされることはない。家族ではなく個人に課税されるので、単身者に割高の税率が課せられることもない（一九八〇年代にドイツの友人から、「節税手段」としての偽装婚の話を聞いたことがある。いまはどうなのだろう）。

「ヨハン？　今回は別行動よ。それに、あの狭い小屋じゃ、とてもヨハンまで入りきらない。そもそも、あれはわたしの別荘だもの」

パートナーや配偶者がいても、交友や行動のかたちは独身時代とあまり変わらない。マイリスもパートナーと休暇をすごすが、友だちとも旅行に行く。

「仕事もひとづきあいも、肝心なのは、依存しすぎないことよ」とマイリスは快活にいう。

空港でマイリスが待っていた。

「車で来たのよ。島に直行しようと思って。グニーラは車のなか」

「へえ、いつ買ったの？」

「つい最近よ。中古だけどね」

マイリスが得意げに示したのは、シュコダ製のオレンジのハッチバック。質実剛健なマニュアル車だ。

「エアコンとかナビとかは付いていない。無駄にガスを喰うだけだもの」

シュコダ車は、ベルリンの壁が崩れたあと、ドイツの会社と提携したチェコの工場で生産されている。窓は手で開け閉めする。運転アシストの電子デバイスもなく、ハンドルは重い。ちょっとレトロで剛毅な仕様だが、西側のファンも多い。わたしは初めて間近でみた。

このシュコダに乗りこみ、アーランダ空港から南下する。ニィネスハムンのフェリー乗り場へは一時間で着いた。車で乗船するが、船内ではデッキに出られる。ペット同伴の区画もあり、大型犬を連れた乗客もちらほら。ゴトランド島へは四、五時間で着く。

首都圏の住人が週末をすごすには、適度に離れていて、適度にエキゾチックだ。広々とした島のなかでは、ペットを自由に放せる区域が多く、ペット連れの家族には絶大な人気がある。

われらがシュコダの後部座席にも、ものいわぬ先客がいた。白いアイリッシュテリアが頭をかしげ、くりくりの茶色の丸い眼で見上げている。

「名前はケフラヤよ」

「いつのまに犬まで？」

「友人の犬でね、引越した先で飼えなくなったから、うちでひきとった」

つやのある白い巻き毛を撫でてみた。

「おとなしい子で、ほとんど吠えない。ただ、毛がカールしてるから、ブラッシングをさぼると、すぐに絡まってしまう。白いから、汚れがめだつしね」

最大の難題は、食いしん坊のケフラヤにダイエットさせることだ。

「なぜ、ダイエットを？」

「ショーに出るためよ」

「ショーって、品評会用の犬種なの？」

「そう、あれで入賞したこともあるのよ。ただ、困ったことに、やたらに太りやすい体質でね」

半時間ぐらいの散歩なんかじゃ、埒があかない。きちんと定期的に運動させなければならない。

そうはいっても、ストックホルム市内の公園で犬のリードを外すことは許されない。

そこでマイリスは、ケフラヤをわざわざバスに三〇分ほど乗せて、自由に走らせてよい公園まで連れていく。

わたしも一度お供した。ケフラヤも心得たもので、しっぽを振ってバスに跳びのり、自分のストップが来るまで、ちょこんと坐って待っている。

人間の膝丈まで茂る雑草をかきわけて進んでいくケフラヤを追って、小一時間、ほぼ休みなく、こちらも走りまわる。わたしはすぐにへこたれたが、慣れているマイリスは平ちゃらだ。この運動を島の浜辺でやるというわけか。

ゴトランドはシルル紀の化石サンゴ礁からできた島だ。大きさは択捉島《えとろふ》とほぼ変わらない。バルト海最大の島にして、戦略的に重要な拠点であり、中世以来、デンマーク、ドイツ、ロシア、スウェーデンが領有権を争ってきた歴史がある。

「着いた」とマイリスがシュコダをとめると、待ってましたとばかりに、ケフラヤが後部座席から転がり出た。眼のまえに灰色の海が広がる。

「冷戦のころ、数年まえまで、このあたりも一般人は立入禁止だった。国防基地だったから」と別荘の主がいう。

たしかに、偵察の拠点には最高の立地だ。水平線には旧共産圏のラトヴィア。晴れた日には、対岸の軍事基地が肉眼でもうかがえたのだ。

海辺には一〇平米たらずの別荘が点在する。もとは島の漁師が漁具をしまう小屋にすぎなかった。マイリスの別荘もそんな小屋のひとつ。おとなが四、五人入れば、身動きもままならない。

「去年、この小屋を手にいれたの。一クローナの権利金を払って」

「それだけ?」

「もちろん、象徴的な金額よ」

「象徴的?」

「その後のメンテを含む管理責任を負う、という一種の決意表明として」

「管理って、どういうことをするの?」

「こうみえてね、れっきとした文化遺産なの。だから、外観を大きく変えるのはご法度というわけ」

具体的には、小屋の内部と周囲を、昔ながらの流儀で補修し、保存する義務を負う。その旨を記した誓約書に署名して、地域の共同体《コミュン》から小屋を譲渡される。別荘の居住とインフラ整備は抱きあわせなのだ。個人が共同体から別荘居住権を、「象徴的な金額」(当時の一クローナは約二〇円)で買い、共同体は個人に管理責任を委託する。

「めんどうなこともあるわよ。かならず地元の共同体に属さなくちゃならない、とかね。井戸とかトイレとか桟橋とか、そういうインフラ整備は共同体で決めるから」

古来、スカンディナヴィアでは、民会《シング》が法律や裁判など重要事項を決めてきた。土地や家屋はたんなる不動産ではなく、共同体の資産という意識が、都市部でもいまだに残っている。

ゴトランドのような島ではなおのこと。だから譲渡が終われば、身近なインフラ整備への共同出資が求められる。契約時に払う一クローナは、その後の共同支出への意志表明にすぎない。

ともあれ、インフラ云々よりも、雨ざらしの廃屋を、まずは自分が住める状態にするのが先決だった。

「たいへんだった?」

「そりゃあ、そうよ。長いあいだ潮風にさらされ、放っておかれたからね。外側なんか、さわっただけでぼろぼろ剝がれるしまつよ」

そこで、ヨハンをはじめ、技倆と体力と余暇のある友人を総動員して、大がかりな改装にとりかかった。

「わたしが電気の線をひいたのよ。足をひっかけないように、ぴたりと壁を伝わせ、天井裏までずっと。外壁のタールも塗った」

内壁を無垢板で張りなおし、屋根をふき、屋根裏に寝室にもなるロフトをこしらえた。配線から板張りやペンキ塗りまで、ほとんど自分でやってのけた。

朽ちかけていた漁師の道具小屋は、みごとによみがえった。マイリスが何度も足を運び、数か月かけて修復したのだ。こんなふうに手間暇かけるのは、彼女にかぎったことではない。

一般に、北欧の「別荘」は規模の大小を問わず、手作り感がすごい。インテリアに凝るといった次元ではない。外枠からインフラまで、配管や大工までこなすつわものもいる。何か月も、ときに何年もかけて、こつこつと作りあげていく。

わたしには井戸から水を汲む役割が与えられた。ホーロー製の水差しをかかえ、すぐ近くの井戸に行く。緑の鉄製の手押しポンプで汲みあげる水は、ひんやりと冷たい。そういえば、昔、似たようなポンプが、わたしの祖父母の家にもあった。そのポンプから迸りでる井戸水は、夏は冷たく冬は温かかった。外気との気温差でそう感じたのだろう。

井戸水で満たした片手鍋をガスコンロにかけ、沸騰するのを待つ。この手間のかかる朝のコーヒーは特別だった。半世紀も昔の日本の日常が、今世紀に入ってなお、北欧の島ではリアルに生きている。それも積極的な愉しみとして。

いつまでたっても暗くならない白夜でも、就寝の時刻はやって来る。だが、マイリス、グニーラ、わたし、それにケフラヤ、この三人と一匹が、この狭い小屋のどこでどうやって眠るというのか。床は荷物でふさがれ、文字どおり足のふみ場もないのに。

「さあ、眠る支度にかかるわよ」とマイリスがてきぱきと手順の指示を出す。それから自分は脚立でロフトに上る。ロフトの天井の高さは五〇センチもない。閉所が苦手なひとには、たぶん堪えられない。だが、マイリスはさっさと寝袋にもぐりこみ、ランタンをともし、就寝まえに読む本の頁を開いた。

わたしとグニーラは脚立を小屋の外に出し、食卓を端によせ、各自の折畳みキャンプベッドを広げる。最後に、食卓の下の空間でケフラヤがまるくなった。

小屋の内側に張られた、湿気をおびた無垢板の香りが心地よい。北欧の夏の夜は白っぽい。眼を閉じて、低く、にぶく、岸辺を打つ波の音を聴く。海がすぐそこまで、薄い板壁の向こうまで来ている。

プープーとかすかな音がする。ケフラヤの寝息だ。と思った、つぎの瞬間、自分も眠りに落ちていた。

ベルイマンの島で、夏至ダンスを踊ってみた

二〇〇七年の夏至のころ、わたしはバルト海の島ゴトランドの海辺にいた。北欧の島で、気がおけない友人たちと夏至の前夜祭を祝う。永年の願いが叶おうとしていた。

この記念すべきイヴェントにそなえて、一〇平米あるかないかのマイリスの「別荘」で、マイリス、グニーラ、わたしの三人と、マイリスの愛犬のアイリッシュテリアのケフラヤとが、起居をともにするようになって数日がすぎた。

マイリスの驚異的な根性と創意工夫のおかげで、狭いながらも居心地のよい空間と化したかつての漁師小屋は、数メートル先は海という最高のロケーションに恵まれていた。

飲み水は井戸でまかなうのだが、さすがにシャワーの分は無理だ。プロパンガスでお湯を沸かす余裕もない。すぐにガス欠になる。朝、マイリスが訊く。

「朝のシャワーに行く?」

すぐそばの海辺に向かうマイリスとグニーラのあとを、ついていく。いやな予感。ふたりは服をぬいで、岩のうえにおき、浅瀬をじゃぶじゃぶ歩きはじめた。やがて背が立たなくなると、力強いストロークで、沖のほうへすいすい泳ぎはじめた。もしや、これがシャワー代わりか。

彼女たちが「あったかい」と称する水温は、真夏でも一七度程度。朝まだき、ひとっ子ひとりいない海辺で、わたしは波打際の岩に腰をおろし、遠ざかっていく泳ぎ手たちをみている。

島の暮らしで、このシャワーなし、あるいは海水シャワーが、わたしにはいちばんこたえた。四方を山で囲まれた盆地で育ったので、情けないことにカナヅチ同然である。同然というのは、仰向けになればとりあえず浮くからだが、方向も定まらず漂っているだけでは、あたりまえだが泳いでいるとはいえない。

一度、ヘルシンキ郊外の湖で溺れそうになった。岸辺の近くの浅瀬ではしゃいでいればいいと思ったのが、甘かった。湖底が急に抉れて深くなり、足をとられた。フィンランドにカナヅチはいないのか、ほんとうに溺れかけていると気づかれるのに時間がかかった。自力でなんとか体勢をたてなおし、必死で犬かきをして岸に辿りついた。

それ以来、二度と無理はするまいと誓った。そうはいっても、海辺に三日もいれば、潮風で髪はべとつく。さすがに六月は暑いので汗もかく。マイリスがわたしを憐れんで、簡易シャワー小屋に連れていってくれた。個室に仕切られていて、数クローナ支払うと一五分ほど湯が出る。わたしのように軟弱な旅行者のために、夏だけ開くのだ。

ふたりは早朝のひと泳ぎを終えて、帰ってきた。「ああ、さっぱりした」と朝の身づくろいをすませ、みんなでゴトランド一周の探検に出かけることに。

ゴトランドは島といっても、けっこう大きい。車かオートバイでないと、一周するのは骨が折れる。自転車で回るつわものもいるが、一日何十キロも坂を上り下りする芸当は、とても真似できない。

わたしたち三人と一匹は、マイリスのシュコダ車に乗りこみ、南の海岸沿いを走らせた。海岸線の佇まいに既視感をおぼえる。真夏なのに、とりとめもなく曖昧な色合いの景色、ずいぶんまえに観たような気がする。

「このあたりって、独特の雰囲気があるから、よく映画のロケ地になるのよ。たぶん、この近くだったと思う、タルコフスキーの『サクリファイス』が撮影されたのは」と映画好きのグニーラ。

「やっぱり。ごつごつした岩と吹きさらしの草地……。終わりの始まりのような……」

たしかに『サクリファイス』の光景だ。核の脅威で終焉に瀕した世界を救うために、主人公は自分の愛するものすべてを犠牲《サクリファイス》に供すると誓い、美しい屋敷に火を放った。あのなにもない草地、紅蓮の焔に包まれる屋敷の建っていた草地も、おおよそ特定できた。あのポスター撮影はここだったのか……。

学生時代、タルコフスキーを観るために、せっせと映画館に通ったものだ。よくわからないながらも好きだった。それでも『ストーカー』(本作では「密猟者」「案内人」の意)には泣かされた。いちばん好きな作品といっていいぐらいなのに、冒頭シーンでかならず眠気に誘われる。主人公が「ゾーン」に入っていくときの(溝口健二を凌駕する)長回しと、ゴトンゴトンというトロッコの単調きわまる音のせいだと思う。

『サクリファイス』は、めずらしく最後まで眠くならずに観ることができた。すくなくとも達成感は得られた。なにがどうして、こうなったのか、因果関係はよく理解できなかったけれど、どうやら主人公の犠牲のおかげで、核戦争は起こらず、世界の終焉は回避されたらしい。

画面に一本の樹が大写しになる。その樹に水をやっていた子どもが、言葉が話せないという設定だったその子が、初めて、そして唯一の台詞を喋る。いや、『ヨハネ福音書』冒頭の一節を引用して、父親に問いかける、というべきか。

「はじめにことばがあった――なぜなの、パパ？」

この言葉はさまざまに解釈されてきた。「神々の黄昏」のあとに来るべき「キリスト」の到来を告げているとか。異教とキリスト教の混濁したメッセージが読みとれるとか。いや、ガンジーの非暴力へのオマージュだという批評もあった……。グニーラの説明はつづく。

「じつは、本島のゴトランドじゃなくて、フォーレで撮影したかったそうよ」

「フォーレって？」

「本島の北にある小さな島でね、ここ以上にエキゾチックだから、あの映画にはぴったりだと思ったのね」

「なのに、監督のたっての希望が却下された？」

「フォーレの近くに防衛基地があったから」とマイリスが補足する。

「そんなにまずいこと？」

「まだ、冷戦の時代だったからね」

当時のタルコフスキーはもはやソ連には寄りつかず、事実上の亡命生活を送っていた。『サクリファイス』の完成後に亡くなるまで、西側の支援で生活と制作をつづけていたというのに、ソ連国籍を理由に撮影を断られたのだ。困っていたタルコフスキーに声をかけて、ゴトランドで『サクリファイス』を撮るように按配したのが、ベルイマンだったらしい。

もともとベルイマン自身が、ゴトランドの、というよりフォーレの魅力にとり憑かれたひとりだった。一九六〇年代以降、しばしば島を訪れ、『ペルソナ』や『鏡の中にある如く』もフォーレで撮影した。

「フォーレにスタジオを建てて、最近は、たいていフォーレに住んでいるって。いまも来てるんじゃないかな」

予備知識なしで訪れた島は、わたしにとって一挙にシネマ・パラダイスと化した。名画座や単館ロードショーに通った学生時代の気分がよみがえる。

「ベルイマンなら『ある結婚の風景』が好きだった。それにしても、やたらによく喋るよね、主役を演じた夫婦役のふたりが」と調子に乗る。

「そうそう、うるさいくらい。だいたい、ベルイマンはお喋りだから、わたしは苦手」とマイリスも同意しつつ、情報をくれる。「そういえば、あれもフォーレで撮影したはず、すくなくとも一部はね」と。

意外だった。少人数の達者な役者が小劇場でくり広げるウェルメイド・コメディの印象が強く、どのシーンを島で撮る必要があるのかと思えたからだ。リヴ・ウルマンとエルランド・ヨセフソン(『サクリファイス』でも主役)がやたらに安っぽい書割風の室内をうろつきながら、やたらに理屈っぽい台詞を喋りまくっていた。

主役はともに高学歴のインテリで、幸せな結婚をして、ふたりの娘にも恵まれた。互いを認めあい、率直に語りあい、意思の疎通も申し分ない……はずだった。インタヴュアーも「すてきなご夫婦」と褒めそやす。ところが、いかに理想の夫婦かを自画自讃しているうちに、とりつくろった表層が剝がれ、言葉を重ねるほどに行き違いがあらわになる。

この映画のもとになったのは、約三〇〇分におよぶ放映六回分のテレビドラマだ。第一回放映の冒頭では、自他ともに認めるオシドリ夫婦が描かれる。ところが途中の四回分で、自己欺瞞や不倫、友への裏切り、泥沼化する離婚訴訟、財産分与や親権をめぐる駆引きなど、およそ考えられるかぎりの修羅場がくり広げられたあげく、最終回で離婚後のふたりのややこしい後日譚が語られる。

低予算、短期間の撮影だったが、挑発的な内容と説得力あ(りすぎ)る台詞のおかげで、空前の視聴率を稼いだ。グニーラの話では、このテレビシリーズ放映後に、北欧での離婚率が急激にあがったという行政報告書もあるのだとか。

夏至の前日、いつもよりそそくさと朝食をすませ、「今日はフォーレに行こう」というマイリスの掛け声で、三人と一匹はオレンジのシュコダ車に乗りこんだ。

本島の北端まで車を走らせ、フェリーに車を載せた。七、八分であっというまにフォーレにつく。いまこの瞬間にも、ベルイマンが住んでいるかもしれないフォーレに。ゴトランドの紋章に描かれた羊と関係があるのかないのか、フォーレではいやというほど多くの羊をみた。確実に住人の数より多い。住人は五百人かそこらだから。

フォーレの羊は、胴はふわふわの白い巻き毛に包まれているが、顔のまんなかがくっきりと黒い。四本の脚も黒い。イギリスのアニメの主人公にそっくりだ。

モノクロ映像よろしく、数十頭の羊の群れが、悠々と道路を横ぎっていく。わたしたちも二回ほど、足止めを喰った。そんなときは覚悟を決めて、最後尾のどんくさい迷い羊が渡りきるまで、辛抱づよく待たなければならない。クラクションで急かすなど、もってのほか。

カメラをかまえると、近くにいた六、七頭の羊が、黒い顔を一斉にこちらに振りむけた。かわいいと思うべきか、怖がるべきか。このシンクロが三十頭だったら怖いかもしれない。

思い思いに草を食《は》み、昼寝をする羊たちの群れを眺めたあと、車で数分走った。奇妙な景観が開ける。強い潮風にさらされる海辺には、まともな草木は育たない。膝丈にも届かない草が力なく風になびき、砂浜は褪せた黄土色だ。

鉛色の波がねっとり揺れる浅瀬には、古ゴトランド語で「ラウク」と呼ばれる異形の岩礁が不揃いに並び、沈みゆく夕日を背に黒々といびつに浮きあがる。海に浮かぶラウク群が有名だが、島に広がる広大な森のなかにも、あちらこちらに顔をのぞかせる。海蝕柱ではなく風蝕。これはこれでふしぎな景観だ。

フォーレでは伝統にのっとって夏至の前夜が祝われる。明るいうちから三々五々、人びとが村の広場に集まってくる。わたしたちも車を停め、歩いて広場に向かう。

日本では春先から秋にかけて時間差で咲く花々が、北欧では夏至から七月の約一か月に集中する。フォーレでも、サクラソウ、キンポウゲ、リンドウ、スミレ、ルピナス、コスモス、ハマナスと、高地に咲く花、海辺に咲く花が節操なく入り乱れて、白、紫、青、黄色、ピンクとあざやかさを競う。

「ほら、こうやって花を摘んで。できるだけ長く茎を残してね」とグニーラがうながす。「もっと根元から切るといい。花だけじゃなくて、丈の高い草もね」

道すがら、野の草や花を摘んでいく。固い茎は鋏でバチンと。広場といっても、ゆるやかな傾斜のあるだだっぴろい草地だが、古い納屋なのか教会なのか、薄い黄色の壁の建物がある。数十人が集まってきている。わたしたちとおなじく、みんな腕にいっぱい野の花をかかえている。

「これをどうするの？」

「まあ、みてなさいって」とグニーラ。

数人の若者たちが十字のメイポールのような柱を運んできた。

「道々摘んできた花や草を、あの柱にぐるぐる巻きつけるのよ、茎もろともにね」

だから茎をできるだけ長く残せといったのかと、合点がいく。

わたしもポールのまえにしゃがみ込み、手持ちの草花をリボンのようにポールに巻きつけた。剝きだしの柱がみるみる花と草で巻かれていく。花や葉っぱがはみだし放題のかなりおおざっぱな巻きかただが、それはそれで味わいがある。

野の草花でダイナミックに飾られた柱を、数人が綱をかけてまっすぐに立てはじめた。青空を背景に、野趣あふれる十字のメイポールがすっくと立つと、おのずと拍手がわきおこった。いつのまにか傾斜地は見物人で埋まっていた。ソーセージや土産を売る屋台も出て、お祭りの気分になってきた。

とつぜん、ヴァイオリンやアコーディオンを手にした数人の楽隊がどこからともなく現われ、なんの前ぶれもなく演奏を始めた。やはり、なんの前ぶれもなく、人びとはポールを囲んで歌いながら、フォークダンスを踊りだす。うまいとか、格好いいとか、そういう水準ではない。まだ日も高いのに、ほろ酔い加減で、すこぶる機嫌はよい。おとなたちが、お遊戯のようなダンスに興じている。

わたしの両隣に坐っていたグニーラとマイリスも立ちあがり、歌いながら、輪に加わって踊りだした。まあ、それなりに。わたしに選択の余地はない。せっかく地味に盛りあがりつつある、地元のお祭りを白けさせるわけにはいかない。旅の恥はかきすて。やむなく見よう見まねで踊りはじめた。

ひとり冷静なのはアイリッシュテリアのケフラヤだ。ふいにぎくしゃくした動きを始めた三人を、首をかしげて、ぽかんと眺めていた。

わたしがゴトランド島で祝った二〇〇七年の夏至のころ、七月恒例のベルイマン祭を告知するポスターが、フォーレの島じゅうに貼られていた。森のなかで芝居や映画が上演され、講演やシンポジウムが催される。『魔笛』を撮ったばかりのケネス・ブラナーも講壇に立った。約三十年まえに『魔笛』を映画化したベルイマンへのオマージュとして。

島を去った一か月後、わたしはイギリスでベルイマンの訃報を聞いた。

ストックホルムで、生まれてはじめてムーミンを読む

三十年まえの暑い夏の昼下がり、わが家に転がりこんできた遠来の旅人たちが、「二、三泊」の予定だったのに、いつのまにか一か月ばかり居ついた。これがことの始まりだった。

チェコ人のマリは、「プラハの春」の終焉とともに、二十歳で母国を去り、スウェーデンに亡命。人生を謳歌して、さっさとこの世からも去ってしまった。

もうひとりの旅人、スウェーデン人のグニーラとは、いまもつきあいがある。世界一周の旅から帰国して広域連合に就職したが、宮仕えは性に合わないと、フリーランスのジャーナリストに戻った。

彼女たちがシベリア鉄道でソ連、中国、チベットを駆けめぐり、つぎの目的地オーストラリアへと向かう途中で、日本に立ちよらなければ、わたしがこんなふうに北欧

にかかわることはなかっただろう。

学生時代から休暇には、リュックひとつでひとり旅をしていた。寒さは苦手なほうで、暑い国が好きだった。ところが、グニーラやマリと知りあって、がぜん北欧に関心をもった。北欧人（もしくは北欧の住人）は素朴で、合理的、しかもここぞというときに大胆、と根拠もなく思いこみ、好きになった。この思いこみはいまも裏切られていない。

あとで冷静に振りかえると、北欧人のみんなが、四十歳になったら、仕事も部屋もうっちゃって、貯金もないのに、リュックを背負って、一〇か月の世界一周旅行に出るとは思わない。けれど、ふたりの自由な、というか、いかにも行き当たりばったりな生きかたは、わたしに北欧行きを決意させるのに充分に刺戟的でエキゾチックだった。

翌一九八九年、わたしはストックホルムの空港に着いた。リムジンバスに乗ってストックホルム中央駅ターミナルへ。そこから市内交通のバスに乗り換えて、二〇分ほどのストップで降りた。これからしばらく、グニーラが妹と暮らすフラットに厄介になる。

八月なのに、すっかり秋の気配だ。気温の数字と体感温度にずれがあるのは、湿度が低いせいか。うまいぐあいに、フラットのある建物の道路を隔てた向かい側に、大型のスーパーがある。そそくさと荷物をほどき、厚手のジャケットを買いに走る。

旅先の風邪は侮れない。向こうの薬はたいてい体質に合わないし、治療代がばかにならない。だから、現地の気候に合った上着を現地で調達する。記念にもなる。今回も最初からその心づもりでいたが、予想外に寒かった。

予想通りだったのは、子ども服売場でぴったりのサイズをみつけたことだ。表は本格重装備のスウェード製ジャンパーで、裏地は中綿入りで暖かい。擦り切れるまで着倒した。もう着ることはないが、処分できない。

忘れがたい思い出があるとか、単純に絵柄やロゴが気にいっているとかで、裾がよれよれになり色あせても捨てられないTシャツみたいな、そういう品のひとつとして、抽斗の奥に眠っている。

ぬくぬくとジャンパーを着こみ、さっそくグニーラを案内人に、ストックホルムの街歩きへ。まずは海側からスヴェア通りをゆるゆると北上する。国名の通称「スヴェリエ(Sverige)」は「スヴェア(Svea)族の国」の意で、スヴェア通りはその名にたがわず中心部を南北に走る目抜き通り。

一九二六年の竣工以来、ノーベル賞授賞式の会場となってきたコンサートホールが視界に入る。内装は豪華らしいが、新古典主義建築の傑作とされる外観は抑制的で、意外に地味。隣に立つ生鮮市場が華やぎと活気を添える。

「この広場には、一七世紀まで聖クララ女子修道会があったんだけど、宗教改革で土地を没収されたのよ」とグニーラ。

「イングランドみたいに?」

「まあ、そうね、戦争やって金欠になった王さまが、国内の修道院をつぶして赤字を埋めあわせたわけよ」

ヨーロッパの都市の中心部や近郊の丘にはそういう跡地がたくさんある。その多くは名残さえとどめていない。

ここでブルーベリーを二〇〇グラムほど買い、紙袋に入れてもらい、食べながら歩く。正確な値段は忘れたが、東京で買うと五〇グラム分くらいかなと思った記憶がある。

「ずいぶん安いね」

「どこかの森に入って採ってくる手間だけだからね」

「どこの森から採ってもいいの?」

「根こそぎ引っこ抜くとかは反則だけど。小さいバスケットにいっぱいぐらいは大丈夫」

「へえ、おおらかだね」

このわたしの反応はずいぶん間抜けだったと思う。これは気前がいいとかケチとかの問題ではなく、北欧では「自然享受権」といううりっぱな権利なのだから。その地域のひとでなくても、通りすがりの旅人でも、私有と共有のべつなく、森や土地に立ち入って、木の実や茸を摘んでよいし、テントを張って眠ってもよい。拾った薪で焚火をし、煮炊きをしてもかまわない。立ちさるまえに、完全に火を消すという義務をはたすならば。

じつをいうと、野生のブルーベリーは、当時の日本ではまだめずらしかった北米産にくらべると小粒で、かなり酸っぱかった。苦みもある。

「残りは、家に帰ってソースにして、肉団子にかけて食べよう」というグニーラの提案に飛びつき、中身がつぶれないように紙袋に丁寧に入れて、リュックにしまいこんだ。

トゥンネル通りとの交叉地点で、グニーラが足をとめ、道端の花束を指さした。

「ここはオロフ・パルメが狙撃されて亡くなったところよ」

国民に人気のあったパルメ首相が、三年まえ、妻と映画館から出たところを撃たれて落命した。まだ記憶も生々しく、献花も絶えなかった。私的な行動には護衛をつけない主義が裏目に出た。

「奇妙なのはね、いまだに容疑者が捕まっていないことよ。首相の妻の目撃証言があったのに」とグニーラ(二〇二〇年現在も容疑者は特定されていない)。

「こうなると、たいてい国際陰謀説がまことしやかに囁かれる」

「どんな?」

「南アフリカのアパルトヘイト派が刺客をさしむけたとか、KGBが糸を引いてるとかね。迷宮入りの始まりの兆候よ」

「捜査を縮小する言い訳ってこと?」

「まあね……」

しばらく黙って歩いた。

「ところで、あれはムーミンの研究書?」

今度はわたしが指をさした。ちょうど大きな書店のまえを通りかかっていた。ウィンドウに、薄い緑のカヴァーのかかった上製の本が展示してある。表紙の絵としっかりした造りと厚みのある背から、ムーミン関連の書籍、それも一般書ではなく研究書らしいと推測できる。

「そう、去年刊行された本よ。もとはストックホルム大学で提出された文学の博士論文だったんじゃないかな」

「児童文学の?」

「児童文学とはかぎらない」

「?」

「トーヴェはおとなの読者のためにも書いてるのよ。いまも現役で……」

「ちょっと待って。いま、現役っていった? まだ生きているの?」

なんとなく、ほんとうになんの根拠もなく、トーヴェ・ヤンソンはもうとっくに亡くなっていると思いこんでいた。海外の有名人は故人という変な図式がわたしの頭のなかにあったのだ。

「ぴんぴんしてるわよ」

「彼、そんなに若いの?」

グニーラが笑いだした。

なぜ笑われているのかわからず、わたしはちょっとむっとする。

「ごめん、笑ったのはね、トーヴェが彼じゃなくて彼女だからよ」

名前をみても男か女かわからないほど、わたしは北欧初心者だったのだ。

「もっとも、トーヴェという男名前も稀にあるわね」と大学で古ノルド語を勉強したグニーラが譲歩する。「九割以上は女だけど。北欧神話の雷神トールにちなんでいてね。昔はけっこうめずらしい名前だったけど、最近はわりあい眼にするようになったかな」

このころには書店のなかに入り、わたしはウィンドウ内に一〇冊ほど平積みにしてある本を手にとり、ぱらぱら頁をめくった。

わたしのあやふやな記憶では、テレビアニメの放映は何十年も昔のことで、そのころ、地方の公立中学か高校の体育会系クラブに属し、朝な夕なに部活に明け暮れていたから、テレビを観る暇がなかった。原作者が外国の作家だったことを知る由もなく、原作を一行も読まずに、子ども時代をすごした。もったいないことをした。

そのくせ、「ねえ、ムーミン」で始まる一節を歌えるし、ピコピコ擬音を立てて走りさるムーミンたちや、なぜかハーモニカではなくギターをつま弾く格好よすぎるスナフキンの映像も思いうかぶ。ふしぎだ。

「グニーラは子どものころにムーミンを読んだ?」

「そうねえ、わたしは大好きだった。スウェーデンの家庭で、本好きの親なら、かならず子どもに読み聞かせする本といっていいんじゃない？」

「最初は読んでもらった？」

「そう、四つぐらいから。文字が読めるようになると、自分で何度も何度も声に出して。ムーミンって、話もおもしろいんだけど、音読すると、なんだか心地よいのよ」

このグニーラの言葉を聞いて、どうしても読みたくなった。音読が心地よい本に駄作なし。とにかく読もう。その書店で入手できるムーミン物語五、六冊を、英独仏語とりまぜて表紙買い。


その夜、マイリスがグニーラの家にやって来て、三人で食事をした。フィンランド生まれのマイリスはグニーラの長年の友人で、その日、はじめて会ったのだが、陽気でこだわらない性格で、すぐに打ちとけた。

「ストックホルムに来て何年かって？　そうねえ、十年くらいかな」

「故郷に帰る気はない？」

「いまさら帰っても仕事がないし。ソ連との国境の北カルヤラ（カレリア）だから」

当時のわたしにこの言葉にこめられた意味を忖度する知識はなかった。ただ、なにか口調に引っかかるものがあり、苦笑いにも似たマイリスの表情をおぼえている。

彼女は大学を卒業すると、そのころは不景気だった母国をあとに、ストックホルムの会計事務所に就職。すっかりスウェーデンの生活になじんでいるが、フィンランド大統領の選挙権を失いたくないからと、スウェーデン国籍をとる気はない。そういうフィンランド人は多い。

おのずから話題は昼間の本の話になった。わたしがヤンソンの本を買いこんだと聞いて、マイリスがいった。

「フィンランド人だって知ってる？」

また、知らないことが。トーヴェ・ヤンソンはフィンランド人だったのか。

「何語で書いてるの？　フィン語？」

「スウェーデン語よ。もちろん、トーヴェはスウェーデン語系だから」

もちろん、わたしには、ぜんぜんもちろんではない。混乱が深まる。

「フィンランドにはね、スウェーデン語を母語とする人たちがいるのよ。トーヴェもそのひとり」とマイリス。

「でも、なぜ、フィンランドにスウェーデン語を母語とする人たちがいるの？」

フィンランドがスウェーデン王国の一部だった時代の名残で、王の官吏の子孫たちがスウェーデン語系フィンランド人だと、グニーラは説明する。以前はもっと多かったけど、いまは五、六パーセントしかいないとも。

「わたしたちフィン語系フィンランド人からみると、スウェーデン語系は支配者層の子孫か、その手先の子孫になるってわけよ」

「もとはスウェーデン人だったの？」

「そういうことになってた、昔は。だから、フィンランドのスウェーデン人という呼びかたもあった」

「じゃあ、マイリスはムーミンが好きじゃなかった？」とおそるおそる訊く。

「好きも嫌いも、子どものころに読んだことはなかったもの」とマイリス。

「でも、ヤンソンはフィンランドを代表する作家じゃないの？」

「フィン語系はそう思っていないわね」

「そうなんだ……」

あっけらかんと明るいマイリスだが、トーヴェ・ヤンソンには手厳しい。もしや、嫌いなのか。

「トーヴェもムーミンたちのライフスタイルも、いかにもスウェーデン語系だなって感じがする」

どうやら、ムーミンママがたいせつにしている猫足のロココ調家具とか、カーテンや壁紙の柄とかレースのあしらいかたとかが、スウェーデンのブルジョワ家庭を連想させるらしい。

「もちろん、トーヴェの母親のシグネはスウェーデン人だから、トーヴェも半分はスウェーデン人といってもいいわね」

このマイリスの言葉で、その日、その話題は切りあげられた。

食事のあと、部屋に戻って、すぐに読みはじめた。なぜかわからないが、まず手を伸ばしたのが英語版の『ムーミン谷の冬』だ。よほどストックホルムの慣れない寒さがこたえていたのか、黒を基調にした繊細な描線の挿絵が気にいったのか、息もつかずに読みきった。

ムーミンという種族は寒さと暗さが苦手なので、長い冬を冬眠してやりすごすという、先祖伝来のしきたりを守っている。ところがムーミンの眼がさめてしまい、冬眠に戻れなくなる。ムーミンママもムーミンパパも眠りつづけ、親友のスナフキンはどこかへ旅に出て、ムーミン谷にはいない。

ムーミンは冬の生きものたちと仲よくしようとするが、そろいもそろって愛想がよくない。恥ずかしがりやが昂じて姿がみえなくなったとんがりねずみ、「ラダムサ」

とくり返すので、挨拶かと思ってムーミンが「ラダムサ」と返すとぷんぷん怒りだす毛むくじゃらの生きもの、ほかにも、冬をうたう詩人トゥティッキによれば「だまりんぼ、まごつきや、さびしんぼ、むっつりや、おこりんぼ」と個性派ばかり。

苛立ったり、とまどったり、ほっとしたりしながら、ムーミンは気づく。あれほどなじめなかった冬が、じつはきれめなく春につながっていることに。そして冬のひみつを理解する。

わたしもまた、ムーミンといっしょに冬の世界に迷いこみ、物語の終わるころには、冬もろともムーミン谷の生きものたちが好きになっていた。北欧への初めての旅で、ムーミンをめぐる意外な展開に驚いている自分の状況を、見知らぬ世界に放りだされたムーミンにかさねていたのかもしれない。

そして、右も左もわからぬまま、ただ好奇心にみちびかれて、ムーミン谷へとつづく道を歩きはじめた。手始めに、スウェーデン語を独習することにした。まずは、グニーラのいう音読の愉しみを味わうために。

Ⅲ

そのひとは、おそろしく年をとっていて、なんでもかんでもやすやすと忘れてしまうのだった。ある秋のどんよりと暗い朝、起きてみると、自分がどういう名前だったか、忘れていた。ほかのひとたちの名前を忘れると、ちょっぴりメランコリックになるけれども、自分の名前を忘れるのは、ただひたすらいい気分だった。

ヤンソン『ムーミン谷の十一月』

東京ではじめて会ったヤンソンは、「してやったり」とばかりに笑った

一九八九年、ストックホルムの街を歩いているとき、書店のウィンドウに飾られた一冊の本が眼に入った。児童文学ムーミンの研究書だ。その後、北欧で知りあった文学好きの友人たちと、作者トーヴェ・ヤンソンの話をする機会があった。

スウェーデンの戦後生まれの子どもの多くが、親の膝のうえでムーミンを読み聞かされ、やがては自分で読むようになった、という話はよく耳にした。

「スウェーデンには自前の作家がいるじゃない。たとえば、アストリッド・リンドグレンみたいな作家はどうなの？」と訊いてみた。

すると、戦後のだいたいおなじ時期に作家としてデビューしているけれども、アストリッドのほうが社会派だという答が返ってきた。アストリッド派とトーヴェ派がいると断言するひともいたが、真偽のほどはわからない。

たしかに、このふたり、よく並べて語られる。終戦直後の一九四五年、ボスニア湾を挟んで、西のストックホルムではリンドグレンが『長靴下のピッピ』を、東のヘルシンキではヤンソンが『小さなトロールと大きな洪水』を世に送りだした。のちの文学史に燦然と名を刻む、ピッピシリーズとムーミンシリーズの記念すべき第一作である。

もっとも、七歳年上のリンドグレンが、たいてい数年先んじて顕彰される。隔年授与の国際アンデルセン賞は一九五八年にリンドグレンが、一九六六年にヤンソンが選ばれるといったふうに。

ピッピもムーミンもこれまでにないタイプの主人公だ。ただし、ピッピはデビューと同時に世界的な人気者になるが、ムーミンはしばらく、つまり約十年のあいだ、無名に甘んじていた。

ピッピは愛馬を軽々ともちあげる力自慢の女の子で、ママもパパもいないのを苦にするでもなく、学校には行かず、毎日が遊ぶのに忙しい。

これでも相当むちゃくちゃだけれど、ムーミンのいい加減さはべつの次元といってよい。ピッピ本人は学校に行かないが、友だちはきちんと学校に通う良い子たちだ。

一方、ムーミン谷には学校そのものがない。

だいたい、ムーミンたちは人間ではない。これがピッピとの最大にして決定的な差だ。動物でもないし、ぬいぐるみのおもちゃでもない。トロールと呼ばれていても、伝統的な意味での妖精ですらない。「生きもの」としかいいようがない。

なにより、主要な生きものでなくても、いや、むしろ周縁的な生きものほど、強烈な存在感を放っている。群れてはいるが互いに不干渉で、喜怒哀楽もなく、あてもなくさまよいつづけるニョロニョロだの、ふれるものすべてを凍らせてしまい、だれも愛さずだれからも愛されないモランだの、青二才の親戚連中から年寄り扱いされるのに嫌気がさし、自分の名前と年齢を忘れることにしたスクルットおじさんだの、みごとなまでにアナーキーだ。

ヤンソンはヘルシンキで生まれ育ったフィンランド人だが、母語はスウェーデン語で、国民の九四パーセントの母語であるフィン語は、かろうじて日常会話に困らない程度。近年はおとな向けの小説を書いているらしい。もちろん、これもスウェーデン語で。

わたしはそれまでムーミンを読んだことがなかった。そもそも子ども時代に、子どもの本をあまり読まずに育った。登下校のときも、歩きながら文字を追うほど、本を読むのは好きだったが、ノンフィクションかふつうの小説を読んでいたから。児童文学の名作と呼ばれるものの多くは、おとなになってから読んだ。

　とりあえずムーミンの翻訳版を数冊買った。最初に読んだのは、シリーズ九冊中、第六作にあたる『ムーミン谷の冬』だ。冬眠という先祖伝来のしきたりから、ムーミンひとりが切り離されて、異質でなじみのない外界と対峙するという主筋そのものが、言語少数派としてのヤンソンの立ち位置を連想させた。

　これまでつきあいがなかった冬の生きものたちと、互いに「言葉が通じない」という状況も、ムーミンに冬眠の習慣があったせいだと、そのまま素直にうけとることもできよう。もっとも、ムーミン世界をあまり現実に引き寄せるのは、解釈の幅を狭めてしまい、肝心のファンタジーの味わいを損なうのではないかとも思う。

『ムーミン谷の冬』の英訳者トマス・ヴァブルトン（一九一八―二〇一六）は、スウェーデン語、英語、フィン語を自在にあやつり、一九四六年にジョイスの『ユリシーズ』を初めてスウェーデン語に翻訳した功績で知られる。

　ヴァブルトンはヤンソンの児童文学と小説すべてを出版するシルツ社で編集に携わりつつ、四冊のムーミン物語を英訳した。イギリスの好意的なムーミン受容に、ヤンソンの文体に合った簡潔にして情感のある訳文が、一役買ったのはまちがいない。彼が手掛けた翻訳はシリーズ後半の作品が多く、すくなくとも、わたしはこの達意の英訳のおかげで、後半の作品がまず好きになった。

最初に求めた数冊を読み終えてしまったので、ふたたび書店に舞いもどり、店頭にあるものだけでなく、取り寄せられるものをすべて注文した。

これらも読んでしまうと、ヤンソンのおとな向けの小説も読みたくなった。ヤング・アダルトに分類されることもあり、完全におとな向けとはいえないかもしれないが、『少女ソフィアの夏』の英訳と仏訳が手に入った。英訳はこれまた名訳者とされるトマス・ティールによる。個人的にはジャンヌ・ゴファンの仏訳もすんなりと入ってきた。

幼い少女ソフィアとそのお祖母さんが、フィンランド湾に浮かぶ小さな島ですごす夏の日々が描かれる。ヤンソンの姪と母がモデルとされるが、「美しい」という形容詞がこれほど似合う本はそうそうない。けれど甘くない。


「いつ死ぬの？」と子どもがきいた。

「もうすぐね」と祖母は答えた。

「でも、おまえにはなんの関係もないことだよ」

この祖母の強靭な意志に裏打ちされたやさしさは尋常ではない。ヤンソンの母シグネ・ハンマルステン＝ヤンソンが、この本の出版される二年まえに八十八歳で亡くなったことを思うとき、孫娘と祖母が対等にやりとりする禅問答のごとき三行が、特別な重みをもって迫ってくる。

翻訳といえば、ムーミン物語では英訳がいちばん充実していた。一九四五年に刊行されたきり、本国フィンランドやスウェーデンでも久しく絶版になっていた第一作をのぞき、「パフィン文庫」(「ペンギン・ブックス」の児童書部門)で八作がそろっていた。おとな向けの小説となると、事情はきびしく、『少女ソフィアの夏』のほかにも数冊は出版されていたが、ほとんどが絶版で入手できずじまい。そこで、とんでもないことを思いついた。読める翻訳がないなら、自分で原書が読めるようになればいい。

翌一九九〇年の二月、わたしはふたたび北欧にやって来た。スウェーデン語入門書を一冊学び終えると、無謀にもさっそく文法書と辞書と首っぴきで、ヤンソンの小説を訳しはじめた。

その時点では、わたしの知るかぎり、どの言語にも翻訳されていない『軽い手荷物の旅』という短篇集をあえて選んだので、えらく難儀をした。わからないところもあったけれど、当時のおぼつかないスウェーデン語力でも、ヤンソンが「われらが小さき世界の本来の大きさを知る作家」(『ガーディアン』紙)と評される所以がほんのすこしわかった気がした。

そして、さらにとんでもないことを思いついた。そうだ、日本語に訳したものを出版できないものかと。この決意をより堅固なものとするために、どういう発想がはたらいたのか、いまとなっては自分でも理屈がつかないが、作者のトーヴェ・ヤンソン自身に報告しようと思いたった。

「いまはまだ充分な力があるとはいえませんが、かならず近いうちに、あなたの未邦訳の本を出版しようと思っています」と書いた。それから、まさに格闘中の翻訳のこと、翻訳を考えるにいたった経緯なども記した。最後に、蛮勇を奮ってこう書きそえた。

あなたがインタヴューをお好きでないのは承知のうえで、あえてお願いするものです。もし、会ってもいいと思ってくださるのなら、いつなんどきでも、わたしがどこにいても、あなたのご指定になるところ、どこへでも馳せ参じます。

なんと、返事が来た。しかも、数日後に。翻訳の実現にかかわる具体的な詳細が、黒インクの美しい文字で綴られている。手紙をしめ括る一節にわたしは眼をみはった。

もちろん、ぜひ、あなたにお会いしたいです。おそらく、まもなく実現すると思いますよ、それも、東京で！　テレスクリーン社の制作したムーミンのアニメーションの件で、わたしはもうすぐ東京に行きます。三月一一日までいる予定です。まだ、どこに泊まるか知らないので、東京に着いたら連絡します。

トーヴェ・ヤンソン

いまだ足が地につかないふわふわした状態のまま、東京の自宅に帰った。ちょうど春休みで、緊急やむをえない用向きは少ない。不要不急の外出は控え、毎日、いまかいまかとヤンソンからの連絡を待った。携帯などない時代だ。自宅の黒電話に張りつき、待機する。留守中にヤンソンからの電話が鳴ったらと思うと、近くのコンビニに食料を買いに行く気にもならない。くる日もくる日も、乾燥パスタをゆでて食べることくらい、ぜんぜん苦にならなかった。

しかし、電話は鳴らない。もともとしょっちゅう鳴る電話ではないが、このたびはつねにもまして鳴らない。そのあいだにも、ただでさえ数少ない友人たちからの外出や食事の誘いを断り、さらにその数を減らしていった。

何日もこの状況ですごしてから、はたと思いいたった。連絡を待っていても来ないかもしれない。仕事で招待されての来日なのだから、それほど自由がきかないのではないか。あらかじめスケジュールがびっしり詰まっていて、時間の余裕なんかないのかもしれない。

いつもは面倒くさがりやで、あきらめのよいわたしも、このときは知恵をしぼった。一九九〇年春から放映されるアニメ番組の広報の一環として招かれたということは、広く周知するための会見があるにちがいない。

調べてみたら、あった。開業当時、有名建築家による斬新なデザインが評判になった都市型ホテル(現存しない)で、報道関係者や映像・制作・出版等の関係者を対象に大々的な会見がおこなわれるらしい。わたしはなんの関係者でもなかったが、受付で名刺をみせたら、なかに入れてもらえた。

会見が始まるまでに、まだすこし時間があったので、コーヒーでも飲もうと、会見会場とおなじ階にあるカフェに入った。ベンチにもたれて、カフェの入口のほうをぼんやりと眺めていると、視界に飛びこんできたものがある。七、八人のグループだ。

そのうちのひとりが銀髪の小柄な女性だった。トーヴェ・ヤンソンだ！

一行はカフェの中央にある楕円形のテーブルに着席した。予約してあったのだろう。周囲は気づいているのか、気づいていないのか、とくに動きはない。

会見まえの最後の打ちあわせのためか、気分を落ちつかせるためか、とにかく、まずはコーヒーを一杯という感じだ。フィンランド国民は、焙煎豆の年間消費量が世界一、二を争うコーヒー好きだと聞いた。ヤンソンの自伝的小説とされる『彫刻家の娘』の主人公の少女も、自分の生みだした物語に登場させた「大男の水先案内人」といっしょに「夏至祭のコーヒーをバケツに二杯」飲みほしていた。

一行はとくに仕事の話をつめるようすもない。時間の余裕はありそうだ。わたしは立ちあがった。中央の楕円形テーブルにそろそろと近づき、日本人スタッフのひとりに尋ねた。

「失礼します。いま、ヤンソンさんに話しかけてもよろしいでしょうか？　ヤンソンさんのご許可はとってあります。二、三分ですませますから」

「それなら、どうぞ」

わたしはヤンソンさんに挨拶し、ちょっと脇に立って、急いで話した。

「おぼえてらっしゃいますか？　小説の翻訳の件で、ストックホルムからお手紙を差しあげました」

「もちろん、おぼえていますとも。わたしの小説に関心をもってくれたことをとてもうれしく思っていますよ。その後、どうなりましたか?」

「短篇集の翻訳はかなり進みました。とっても愉しいです」

「それはよかった。このまま、うまくいくとよいですね」

「ただ、意味がわかりにくいところが、いくつかありました。スウェーデン語の大きな辞書にも載っていない単語や言い回しがあって……。あなたのスウェーデン語の文体《スタイル》には特別なニュアンスがあるのだそうですね、スウェーデン人にもわからないような」

ヤンソンさんは笑った。屈託なく、してやったりとばかりに。

「そうですね、ときどきありますよ、そういうことが。わたしのはフィンランドのスウェーデン語ですから」

わたしは呆気にとられて立っていた。意味がわからなかった。だが、ヤンソンさんは上機嫌である。そうこうするうちに時間切れで、ヤンソンさんはスタッフにうながされて、席を立った。

「まずは自分で調べてごらんなさい。フィンランドのスウェーデン語とスウェーデンのスウェーデン語との違いはなにかって」

ますます戸惑いを隠せないわたしをみて、ヤンソンさんは励ますように、あるいは、からかうようにいった。

「九月になったら、ヘルシンキのアトリエにいらっしゃい。いろいろと話をしましょう」

ヘルシンキのホテルのロビーに、綿入れを着たヤンソンが現われた

一九九〇年三月、テレビアニメ「楽しいムーミン一家」の放送開始を記念して、トーヴェ・ヤンソンが二度めの来日をはたした。みずから粗筋《シノプシス》の段階から携わってきた仕事にけじめをつけたかったのか。ヤンソンは七十五歳。これが最後の長距離の移動となる。

テレビアニメ「楽しいムーミン一家」は、日本での好評をうけて、フィンランドやスウェーデンをはじめ、六十をこえる国と地域で放送が決まる。そして、あざやかな色彩の背景のなか、アニメーションでなめらかに動き、吹き替えで当地の言葉を喋る「ムーミン」が、世界の子どもたちを魅了した。

さらに、このアニメ制作を統括したスウェーデン語系フィンランド人のデニス・リヴソンのもと、フィンランドの南西部沿岸のナーンタリで、べつの企画が進められて

いた。多島海域に浮かぶ小さな島のひとつを、まるごとムーミン谷に変えるために。これが一九九三年にオープンする「ムーミンワールド」だ。

ほぼ同時期に、おそらく連携して生まれた仮想《ヴァーチャル》のムーミン谷と現実《リアル》のムーミン谷は、表現に違いこそあれ、どちらも原作から派生したものだ。

その結果、原作者ヤンソンのもとに、世界じゅうから、ムーミン関連の依頼や提案や相談が、怒濤のごとく押しよせた。もしかすると、暇だったことは一度もないヤンソンの生涯を通じて、もっとも多忙をきわめた時期かもしれない。

当時のわたしはそんなことを知る由もなく、呑気に、いや、一心に、ヤンソンの「おとな向けの小説」の翻訳を試みていた。最初は、ただ訳してみたかった。だれに頼まれたわけでもなく、なにかのあてがあるわけでもないのに。若かったから、時間と体力と気力だけはふんだんにあった。やがて、出版できないかと考えた。あまつさえ、近い将来、あなたの未邦訳の著作を翻訳して、出版したいです、と本人に手紙を出したのだった。

だが、ありえないような偶然と幸運がかさなる。来日中のトーヴェ・ヤンソンが会見を開いた東京のホテルのカフェで、本人と対面。ほんの数分ながら話ができた。手短に、しかし熱く、翻訳の進捗状況を伝えた。

そして、たんなる社交辞令かもしれない「ヘルシンキにいらっしゃい」という言葉を真にうけ、インタヴューの日程を詰めるために、手紙で連絡をとりはじめた。何度かのやりとりで、ヘルシンキで会う段取りと日程が決まった。

頭のなかは質問と疑問だらけだが、胸のなかは希望と期待がいっぱいというおめでたさで、わたしはヘルシンキのヴァンター空港に降りたった。

宿泊付きのフィンランド航空を利用したので、国際派ビジネスパーソン御用達のホテルに泊まることになった。アタッシュケースにスーツが基本の空間だ。わたしは例によってリュックサックにジーンズ。場違いなことこのうえない。

機能的な部屋の広々としたベッドに腰かけて、さあ、荷物をほどこうとした矢先、室内電話が鳴った。

「お電話です、トーヴェ・ヤンソンさんから」とフロント係の声。「トーヴェ・ヤンソンさん」にちょっとだけ力が入っている気がしないでもない。

「トーヴェ・ヤンソンです。これからそちらのホテルに行こうと思いますが、大丈夫ですか？」

大丈夫じゃないわけがない。そのためにヘルシンキまで来たのだから。あらかじめヤンソンさんに、航空便名とホテル名と日程の詳細を記した手紙を送っていたし、ヤンソンさんからは自宅の連絡先をもらっていた(自分から使う気はない、お守りみたいなものだが、日本ではあまりみたことのない、丸っこい縦型の受話器につながるはずだった)。とはいえ、こんなにすぐ連絡があるとは思っていなかった。

「もちろん、大丈夫です。ロビーでお待ちしています」とわたしは焦って答えた。

着替えはあきらめ、顔だけ洗って、急いで階下におりた。この判断は正しかった。

わたしがロビーに着いたとき、ホテルの玄関に横づけになったタクシーから降りようとしている姿がみえた。ドアマンがうやうやしく開けたホテルのドアを通って、小柄な女性が近づいてくる。

なんと、橙に紺の差し色という絶妙な色合いの綿入れを着ている。日本のテレビ局から贈られたもので、ずいぶん気にいっているようだ。

バリッと決めたスーツ姿の男女が足早にゆきかうホテルのロビーで、よれよれシャツとジーンズのわたしはすでに充分に浮いていた。けれども、ほっこり橙色の綿入れを着こんだヤンソンさんは、それ以上に異彩を放っていた。

「食事をしながら話をしましょう」

そういって、ヤンソンさんはホテルのレストランに向かった。このちぐはぐなふたり組を、給仕長(らしきひと)が奥まった上席に案内してくれた。

「なになさいますか?」と給仕長に訊かれた。

「機内じゃ、ろくなもの食べてないでしょう? なんでも好きなものを頼みなさい」とヤンソンさんにうながされる。

こういうときは変にもじもじしたり、遠慮したりしないほうがいい。たいてい相手を苛々させる。ヤンソンさんも案外せっかちなひとだと見当をつけた(たぶん間違っていない)。

「お店のお薦めはなんでしょうか?」

「○○です」と給仕長。料理名は聞きとれず、野生の動物の肉だとしかわからない。あとから思うに、トナカイかヘラジカだったのではないか。

「お料理にかけるソースは、なになさいますか?」

「ええと……」と早くも答えに窮するが、ヤンソンさんが助け舟を出してくれた。

「ここはリンゴンベリー(コケモモ)で決まりでしょう。フィンランド北部で採れる稀少なベリーですよ」

「それでお願いします!」

ヤンソンさんは食事制限があるとかで、何杯もコーヒーだけを飲んでいる。デザートの皿が下げられ、わたしにも食後のコーヒーが出るころ、ヤンソンさんはぐいっと身を乗りだし、わたしの顔をのぞきこみながら、こういった。

「では、仕事の話をしましょう。あなたの翻訳の進み具合はどうですか?」

わたしは理由もなく、あるいはむしろ理由あって、震えあがった。こういうときのヤンソンさんの眼光には、心のなかまで見透かされそうな鋭さがある。観察する小説家の冷徹な視線だ。

それまでヤンソンさんは、ずっと穏やかな表情だった。なのに、わたしの緊張は解けない。どうしても、作家ヤンソンの描くひと癖もふた癖もある登場人物を、すくなくともその一面を、眼のまえにいる温和な佇まいの、静かな語り口の女性に投影してしまう。

たぶん、わたしは一生懸命に話したのだろう。おとな向けの小説のどれが好きか、なぜ好きかについて。自伝的小説とされる『彫刻家の娘』の感想も。おそらく。というのは、具体的によくおぼえていないから。さぞかし熱心に語ったにちがいない。『彫刻家の娘』には既訳があったのに、しばらく品切れだったのを未邦訳と早とちりしたらしい。

その後、わたしがヤンソン作品の翻訳を希望している旨を、東京の出版社に伝えたと、ヤンソンさんが手紙で知らせてきた。そのせいかどうかは知らない。だが、まもなく出版社から連絡があった。

七歳かそこらの少女が、彫刻家のパパと挿絵画家のママの適度な放任と愛情に守られて、アトリエや島でくり広げる日常と非日常が、ときにシビアに、ときにユーモラスに描かれる。

この『彫刻家の娘』の新訳が、わたしにとってヤンソン関連の最初の仕事となる。コーヒーをお代わりして、席を立つ時間になった。これでヤンソンさんとの面談は終わったんだ、と脱力しかけたとき、ヤンソンさんがいった。

「明日は、何時にアトリエに来ますか?」

こうして、ヘルシンキに滞在したあいだ、毎日のように、市の中央にあるエスプラナド公園を背に、ゆるやかな坂を上ってゆき、坂上にある建物の最上階のアトリエに通ったのだった。

一年ほどたったある日、「フィンランドでは「ムーミンブーム」の再来だよ」とヘルシンキに住む友人のユハがいった。現代詩の番組を制作するラジオのディレクターで、何度か、詩の朗読会に連れていってくれた。

小さなカフェで詩人が自作を朗読し、聴衆と意見を交換する。ときに熱くなって激昴するほどに。詩人だって批判されると怒る。とくに批判が的を射ているときには。

ユハいわく、詩は暗唱に堪えるべし、小説は音読に堪えるべし。こういう日常に根づいた感覚がうらやましい。

両親の世代にスウェーデン語系の名前から改姓して、彼自身は生まれたときからフィン語系フィンランド人の自覚がある。フィン語で教育をうけ、職場でもフィン語を使う。ただ家族の内ではスウェーデン語を話し、子どものときからムーミンを読んで育った。ややこしい。

「まえにもブームがあった？」

「一度めは、きみも知ってると思うけど、五〇年代のイギリスの新聞連載漫画のおかげで、けっこう人気になった。フィンランドの新聞でも連載されたから。でも、今回のほうが大型かもしれない」

「どうして？」

「このたびは日本のテレビアニメが立役者だ！」とちょっと引っかかる物言い。

「正確には、フィンランドとの共同制作だけど。こっちでも放送されてるの？」

「しかも、大人気だ。一週間におなじ番組を二度やるくらいに！」

「再放送があるってこと？」

「いや。一度はYLE（フィンランド国営放送）のフィン語局で、もう一度はスウェーデン語局で。それぞれの吹き替え放送があるんだよ」

フィン語とスウェーデン語が公用語なので、公共放送のYLEにも二か国語放送が義務づけられている。

「テレビアニメの力は大きい？」

「だろうな。フィンランドじゃ、というか、北欧全般にいえることだが、娯楽番組が少ないからね」

たしかに、一九九〇年代初めの北欧の公共放送は、ほとんどが教育チャンネルかと思うほどまじめな番組だった。

「子ども向けアニメの大半は、英米の輸入もので、英語だからね。小さい子どものいる家族には、フィン語やスウェーデン語で喋ってくれるムーミンはありがたいのさ」とユハはつづける。

「だから一度めを超える大人気に？」

「そうだね。うんと小さい子やフィン語系まで巻きこんでという意味でなら」

「だけど、もともとヤンソンはよく知られた作家だったでしょ？」

「そりゃあ、トーヴェは若いころから有名人だったよ、スウェーデン語系のなかじゃね。なにせ、狭い世界だから。自分たちで「アヒルの池《ダック・ポンド》」と呼んでるぐらいだから」

「アンデルセンの『みにくいアヒルの子』のちっぽけな「アヒルの庭《ダック・ヤード》」にひっかけて？」

「そうかもね。どっちを向いても知りあいばかりで、すぐ頭をゴツンとぶつけちまう狭苦しい世界だってさ」

なんだか、ユハは浮かない顔だった。

「うちの息子が、色付きのムーミンアニメに慣れてしまってね。原作の絵をみて、えっ、モノクロなの、つまんないっていったんだ」。なるほど。ユハが日本のアニメに八つ当たりした理由はこれか。

アニメとの相乗効果でムーミン人気を盛りあげたのが、ナーンタリ（スウェーデン語名ノーデンダール）の自然にいだかれたムーミン谷《ダール》ならぬ「ムーミンワールド」だ。俗世を「嘆きの谷」と呼ぶユダヤ・キリスト教の伝統にあって、「恵みの谷《ノーデン・ダール》」を意味する地名は、地上の楽園を連想させる。風光明媚なこの街は、その創基を一五世紀のビルギッタ派女子修道院の建立にさかのぼるカトリック時代の聖地だった。

ヨーロッパを守護する六聖人のひとりに数えられるスウェーデンの聖ビルギッタが創立した修道院は、スウェーデン王国がプロテスタント化すると同時に、フィンランドのこの地からも消滅した。

けれど何世紀も経って、この「恵みの谷」に、まったく禁欲的でもなく、まったく宗教的でもないが、中世の修道女たちとおなじくらい俗世から隔離された一種の「聖域《サンクチュアリ》」が生まれたのだった。


数年後、ユハと再会した。アニメの色付きが好きといっていた息子は、あらためて原作の「色のない世界」も認めるようになったのだとか。「それはそれで悪くないって思うんだ」と。

遅くに結婚して、遅くに生まれた息子だ。かなりの年齢の差、いや、それ以上に世代の差がある。「あれか、これか」と突きつめる考えかたは古いよと、息子からはちょっと煙たがられている。

子どもにはまず原作を読んでほしい、自分はそうだったからと、ユハは派生的なものに厳しかった。けれど、入口はいくつあってもいい、それが原作へと開かれているなら、すくなくとも、その道が閉ざされていなければ、という心境になった。原理主義者の彼にしては長足の進歩である。「あれも、これも」のおおらかな息子の影響なのか。

そもそも無からの創造なんてあるのだろうか。究極の始原《オリジナル》をつきとめるために、玉ネギを剝くように、どこまでも剝いていったら、なにも残らない、ことだってありうる。それのどこがいけないの、玉ネギの白い部分がおいしいかどうかが問題なんじゃない、とユハの息子ならいうだろう。

あるとき、ヤンソンさんに尋ねたことがある。初対面から何年かすぎて、ヤンソンの小説を何冊か翻訳していたが、あいかわらず緊張する。

「自作がいろんな国の言葉に翻訳されていても、フィン語や英独仏語なら、確かめることができますよね。正確かどうかとか、ニュアンスが伝わっているかとか。気になりませんか?」

「はじめの数冊は眼を通した。ざっとね。英語やドイツ語版はそうだった」

「でも、たとえば、まったく知らない言語については、翻訳の判断を自分ではできない。そんなときは?」

「たとえば、日本語みたいに?」とヤンソンさんはにやにやする。

「まあ、そういうことです」

「気にしない。わたしは自分の仕事で手いっぱいで、ひとの仕事に口を出す暇はないから」

わたしの顔に失望の色がよぎったのを看てとったのだろう。ヤンソンさんはすこしやさしい口調でいいなおした。

「それはあなたの創作だから。わたしは自分の仕事とおなじように、ひとの仕事も尊重したいと思う。あなたのことは信用している。あなたの訳した日本語は読めないけれど、まあ、わかるものよ」

きらめく海を望む「塔のアトリエ」には、ヤンソンの人生が詰まっていた

「明日は、何時にアトリエに来ますか？」

ホテルのレストランで面談を終え、去りがたくものろのろと席を立ったとき、ヤンソンさんの口から出た言葉だった。うれしかった。せっかくヘルシンキまでやって来たのに、アトリエに行けないのは残念だと思っていた。わたしにとって、トーヴェ・ヤンソンとアトリエは切り離せないものだったから。

わたしの泊まっていたホテルからヤンソンのアトリエへは、早足で三〇分くらい。たいてい歩いて通った。

一九九一年三月、春といっても、日蔭の舗道にはまだ雪が残っている。足をとられそうになりながら、前かがみに地面をふみしめて歩く。これが凍りついた雪道で転ばないコツだと教えられた。

市内の目抜き通りエスプラナドまでくれば、あとほんのすこしだ。南北エスプラナド通りに挟まれた細長い公園の小さな噴水では、トーヴェの父ヴィクトルの手になる彫像――魚を小脇にかかえた人魚とその子ども、子どもと魚、という二組――が軽やかに舞っている。「遊び」(一九四〇年)と題されたこの彫像の人魚には、トーヴェの母シグネの面影が認められる。

公園の南東に広がるヘルシンキ南港には、朝市が立つ。一九九五年のEU加盟前だったから、オフシーズンの野菜や果物の種類はかなり限られていた。そのかわり夏から秋にかけては、色あざやかなベリーや茸が市場にあふれ、一気にはなやぐ。とくにオレンジ色のカンタレッラは稀少な茸で、ムーミンたちの好物でもある。

時間に余裕があったので、黄色い生花を求めた。名前は知らない。南港を遠く左手に眺めながら、ゆるやかな坂をだらだらと上っていく。

その日のことは記憶に刻まれている。とくに、あの最後の坂道、とくになんの変哲もない、ふつうの舗道なのだが、一歩一歩ふみしめるたびに、ヤンソンさんのアトリエに近づきつつあるのだという感慨をおぼえたのだった。

前日、ロビーで別れぎわに、ヤンソンさんからこまやかな指示をうけていた。アトリエのある通りをスウェーデン語名とフィン語名の両方で確認し、タクシーに乗るときや、だれかに尋ねるときは、フィン語名をいいなさいと念を押された。「最近はスウェーデン語名を知らない運転手さんも多いから」と。

「大丈夫です。そんなにむずかしい行きかたじゃありませんから。ひとりで歩いて辿りつけます」

それから、緊急の連絡先はもっているか、建物に着いたらどうするかといった、こまかい確認がつづいた。ヤンソンさんは意外に細心で周到なひとなんだと思った。わたしがよほど頼りなくみえたにちがいない。

その建物は坂を上った角にあり、舗道からは最上階の壁に並ぶ弓型《アーチ》の窓がみえた。他の階のありきたりな長方形とは違っていて、ヤンソンはことのほか気にいっていた。子どものころ住んでいた両親のアトリエも、やはり窓が特別な形をしていた。自伝的な小説『彫刻家の娘』の主人公の少女いわく、「わが家の寝室にはまんまるい窓がある。こんな丸窓がある家はほかにない」と。丸い窓には思い入れがあるのだろう。

「日中、たいてい玄関の扉は閉まっていないから、たぶん建物のなかには入れる。もし鍵が掛かっていたら、うちの呼び鈴を押せばいい」とヤンソンに言われていた。扉をそっと押してみる。鍵は掛かっていなかった。一階に印刷関係のオフィスがあったからだろうか。そのうち日中でも施錠されるようになったけれど、いちいち呼び鈴を押して寮監に開錠してもらっていたパリの女子寮と比べると、ずいぶんおおらかだなと思った。

「エレベータで最上階までいき、階段を半分上って、緑の扉をノックする。もっとも、ほかに扉はないので、間違いようがないけれど。わかりましたね」

まずは古式ゆかしきエレベータに乗る。扉が二重になっていて、外側の鉄の扉を閉め、内側の鉄の扉を閉めると、総板張りの箱がケーブルの機械音をきしませながら、ゆっくりと動きだし、最上階でがくんと停まった。

たしかに、間違いようがない。周囲の白い壁にくっきりとうきあがって、緑色のがっしりと頑丈そうな扉が眼に飛びこんできた(ただしペンキの剝げぐあいは、とっくの昔にムーミンパパに塗りなおしてもらっておくべき状態だった)。

郵便受口の上には、「トーヴェ・ヤンソン」の名と住所が印刷された名刺と、「広告は入れないでください」とフィン語で記された紙が貼ってある(よくみかける決まり文句だが効果のほどは不明)。

ばらばらの時期に取りつけたと思われる、不揃いな鍵穴が三つ。以前の住人の置き土産も混じっているのだろう。外側に取っ手はない。物理的にも心理的にも取りつく島がなく、こんなに愛想のない扉はめずらしい。住居というよりは倉庫みたい、というのがわたしの第一印象だった。

すでに圧倒されながら、深く息を吸って、扉をノックした。かかえている黄色い花束が間抜けに思えた。

「いらっしゃい」と声がして、扉が外側に開いた。

ヤンソンさんが立っていた。前日、ホテルのロビーに現われたときとおなじ格好、つまり、例の橙に紺の差し色の綿入れ姿で。よほど気にいっていたらしく、その後、わたしが会ったとき、アトリエではいつも着ていた。

じっさい、ロフトへと吹抜けのあるアトリエは、冬でなくても、坐っていると、しんしんと冷えこみが感じられた。ほんとうに重宝していたのだと思う。

「あったかくてね、しかも軽くて、柔らかい。動きを締めつけないし、もう、手放せない」

手首や肘のあたりが擦り切れて、繕った痕跡があった。芸術家にこんなに愛されてしあわせな綿入れだ。

綿入れの話から、アトリエが寒いという話になり、おのずと、ヤンソンさんがここに引越したころの話になった。

「若いころは石炭が買えなくて。室温が零下になるのはざらで、外と変わらなかった。屋根があるだけでもありがたいという感じでね」

「ここに引越しされたのは、戦時中でしたよね?」

「一九四四年だった」

ヤンソンがこのアトリエに住みはじめたのは、一九四四年の春。いまだフィンランドは戦時下。かたやソ連と睨みあいながら和平を探り、かたやドイツとの「対ソ共闘」には亀裂が入りつつあった。そもそも物資がない時代だ。

「とにかく寒くて、一年じゅう、凍えていたわね。あちこちの壁にひび割れが入り、そこいらにコンクリートブロックが積みかさねてあって。空爆で壊れた箇所がまだ修復されていなかったから」

空爆とは、ソ連によるフィンランドへの無差別爆撃をさす。首都を含むフィンランドの主要都市が、数百機単位のソ連爆撃機の的になった。アトリエのある建物も損壊したが、資材も乏しく人手も足りないので、応急手当だけで、きちんと修復されずに放置されていた。当然、雨漏りもするし、すきま風も吹き放題だった。

「それでも、毎朝、眼がさめて、わたしは自分のアトリエにいるんだと思うと、それだけでしあわせだった」

ここではっと思いだし、黄色い花束を手渡した。ヤンソンさんは機嫌よくうけとり、「塔の部屋《アトリエ》へようこそ」といった。

ヤンソンがアトリエを呼ぶこの呼称は、彼女が愛した中世イタリアの街、塔が美しい佇まいをみせるサン・ジミニャーノへのオマージュなのだろうか。

このアトリエを手にいれたとき、ヤンソンは友人への手紙にこう書いた。「教会みたいに天井の高い、塔の部屋。八メートル平方近い床面積に、六つの弓型の窓、それぞれの窓の上方、天井のすぐ下に眉毛のような小さな四角い窓が付く」

このときヤンソン三十歳。すでに油彩の国内展で何度か入賞し、奨学金を得てフランスやイタリアに留学した気鋭の画家であり、スウェーデン語系の政治諷刺雑誌『ガルム』の表紙や主な記事の挿絵を担当する「首席画家」でもあった。

塔のような屋上階の、弓型の窓が六つある、しかも、交通至便な市内の、南港のすぐそばという、海を愛するヤンソンには願ってもない立地。先の手紙はこうつづく。「一生をかけて美しい空間に作りかえることもできるアトリエだ、そうしたいと望むならば」と。

ヤンソンはそうしたいと望んだ。そして、これが終生の仕事場兼住まいとなる。二〇〇一年に亡くなる直前まで、五十七年、このアトリエで仕事をしていた。春から夏

（ときには初秋）にかけてフィンランド湾沖の島に出かけたり、ときおり旅に出たりはしたにせよ、この「塔のアトリエ」はヤンソンの生涯の中核でありつづけた。

もともとヤンソンはアトリエで生まれ育った。これは比喩ではない。家族の住まいの大部分を占めるアトリエに設えられた寝棚で、子どものヤンソンは寝起きし、彫像を制作する父と、隅の机で挿絵を描く母の姿をみて、育ったからだ。ヤンソンにとって、仕事場と住まいは切っても切り離せないもの、というより、おなじものだった。

「このアトリエのおかげで、もう一度、絵を描こうと思った。「意欲」が出てきたというべきでしょうね」

「意欲」はヤンソンの後期小説の鍵語のひとつだ。あらためて、アトリエをしげしげと眺めた。れっきとした画家のアトリエだった。床から天井までいっぱいに本が詰めこまれた壁面に囲まれた空間には、作家の書斎といった趣もなくはない。けれども、棚や下部に何十枚もの油絵や素描を収納できる大きな作業台は、原稿を書くよりは、絵を描いたり木枠に画布を張ったりの手仕事に向いている。

「ダブル、それともシングル？」と訊かれたので、「ダブルで」と答えた。

「いけるクチですね」

「？」

「ウィスキーの話よ」

「ごめんなさい、わたし飲めないんです。エスプレッソかと思って……」

「あなたはパリっ子でしたね。じゃ、エスプレッソにしましょう」

ヤンソンさんはアトリエの小さなガスコンロに火をつけ、使いこまれたビアレッティの直火式のエスプレッソメーカーでコーヒーを淹れてくれた。

自分はグラスにスコッチをダブルで注いで、「乾杯《スコール》！」と一気に飲みほした。顔色ひとつ変わらない。

しばらくすると、ヤンソンさんはついてくるように手招きして、急な階段を上っていった。階段はロフトに通じていた。板張りの床に小さなベッドがある。

「いまは書庫みたいになっているけれど、ここで寝ていたこともある。ほら、そこの窓から港がみえるでしょう」

煉瓦の倉庫の向こうに港がみえた。きらめく海面も。

「深夜に潮騒の音を聞いて眠ると、島にいるような気がしたものです」

つぎにヤンソンさんが床を指さした。

「なんだかわかりますか？」

A４の書類ケースが床にずらりと置かれている。数えられないほど。二十や三十ではなかったと思う。ふしぎな光景だった。そして、それぞれの箱には大きなラベルが貼られ、ヤンソン独特の美しいペン文字で「○○関係（可及的速やかに）」「△△関連（猶予有）」「子どもの読者への返事（至急）」などと書かれていた。

わたしは黙って書類の箱をぐるりとみてまわった。なにをいってよいかわからなかった。なにをいっても的外れな気がした。

ロフトからおりて、ふたたび階下のソファに坐りこみ、呆然としているわたしをみて、ヤンソンさんは楽しそうにいった。

「あれはみな、わたしの文通の相手ですよ。仕事上のね。こういう茶色の大きめの封筒、たいてい、表に赤字で大きく「可及的速やかに」と書いてある。〝アズ・スーン・アズ・ポシブル〟とね。彼らはいつも急いでいるんです」

ヤンソンはファクスを使わなかったので、通信はすべて手紙だった。自衛手段だったのかもしれない、と思う。

当時、ヤンソンは一九九〇年代初めのテレビアニメの成功で、「第二次ムーミンブーム」のまっただなかにあった。世界じゅうから、ありとあらゆる提案や企画が舞いこんでいた。しかも驚くべきことに、それらを人任せにすることなく、すべて自分で対応していた。

たいせつなのは「意欲」を失わないこと。これが口癖だった。それは生に相対するときの、強靭な意志と柔軟な対応としてあらわれた。未知のものへの興味も晩年まで健在だった。ひと言でいえば、ヤンソンは生涯を通じて挑戦するひとだった。

だから早くから、つまり一九五〇年代から、新聞コンツェルンの重役、作曲家、脚本家、演出家、人形制作者、セラミック会社のデザイナーなど、さまざまな分野の人びとに積極的に協力してきた。それぞれに必要な才能や要請があることを理解していたから、原作とは異なる次元の創作を尊重するすべも知っていた。

晩年の一九九〇年代に入って、フィンランド・日本の共同制作のテレビアニメや、ナーンタリのムーミンワールドに協力したのも、あたらしいなにかが生まれる可能性をみたからだろう。

それにしても、なぜ、よりによってムーミンブームのどまんなかの、おそろしく多忙な時期に、そもそもよく知らない、しかもスウェーデン語の運用能力についてはなんの保証も実績もない「翻訳者」に対応する気になったのか、ずっとふしぎだった。

「そんなに忙しいときに、どうして海のものとも山のものとも知れない人間と、逢ってみようという気になったんですか?」

「あなたがおとな向けの小説に関心をもってくれたからです。そうそうあることではないので」

「だから、子どもの読者ではないのに返事を？」

「まあ、熱意に打たれたといっておきましょう。じつをいうと、ちょっと驚いたけれどね」

どうやら最初のうち、わたしが本気だとは思っていなかったらしい。けれど、「もしかしたら」と、わずかな可能性に賭けてくれたのかもしれない。

「でも、東京であなたは逢いにきた。翻訳も具体的に進めて。そして、あの言葉です」

「あの言葉？」

「あなたがカフェで去りがけにいった、スウェーデン人にも完全には理解できない、わたし独自の文体云々のくだり」

「ああ、それであなたは、自分のはフィンランドのスウェーデン語だからと笑った……」

「なかなかのセンスだと思いましたよ。そこに着目したのはね。わるくない、そう、ぜんぜんわるくない」

そういって、また、ヤンソンさんは笑った。

「たくさんの誤解と理解に感謝します」とヤンソンはいった

北欧関連の古い新聞・雑誌の切抜きを収めたファイルの頁を繰っていたら、一枚の写真が眼に飛びこんできた。ストックホルムの日刊紙の文化面がトップニュースで、一九九四年八月九日に八〇回めの誕生日を迎えたトーヴェ・ヤンソンの近況を大きなカラー写真と記事で伝えている。

忘れもしない。フィンランドのタンペレで開かれた「トーヴェ・ヤンソン国際会議」のプレス会見で、ヤンソンが記者たちの質問に答えている。藍の麻地に白木綿糸でざっくりと幾何学模様がほどこされた上着をきて。これが津軽地方の伝統的技法「こぎん刺し」による「野良着」だと知っているのは、会場広しといえどわたしだけだったかもしれない。

一九九〇年、ムーミンのテレビアニメの放映にあわせて来日したときにプレゼントされた綿入れを、ヤンソンはまるで仇のように着倒していた。わたしは夏用の着替えにと思い、会議の数日まえ、アトリエを訪れたときにプレゼントしたのだった。

「これは日本の北部の津軽というところの名産で、こぎん刺しといいます。綿入れがずいぶん気にいっているようなので、夏用に使ってもらえたらと持参しました」

ヤンソンさんは刺し子の文様に興味を示し、これはどういう服かと訊いた。

「かつては農作業用の衣服で、薄い麻布を太い白木綿糸で補強して寒さをしのいだそうです」

「この藍色は自然の色？」

「だと思います、たぶん」

そういってすぐ、一九三〇年代のヤンソンさんがイタリア・ルネサンス期のチェンニーノ・チェンニーニの『絵画術の書』を愛読し、自然由来の絵具に関心をもっていたことを思いだし、いい加減な答えをしたと後悔した。知ったかぶりが通用する相手ではなかったのに。

しばらくして、ヤンソンさんが唐突に訊いた。

「あなたはあまり質問をしませんね。メモもとらない。どうして？」

よくぞ訊いてくれたと、わたしは勇んで答える。

「これまでのインタヴュー記事はほとんど読みました。だいたいおなじことを話していらっしゃいます。わたしが訊いても、きっと似たり寄ったりの答が返ってくると思ったのです」

「なるーほどーね」妙に引きのばすような、もったいぶった口ぶりだ。

「それに、あなたのインタヴュー嫌いは有名です。最初から写真撮影や録音はしないと決めていました」

「メモもとらない？」

「はい。あとで記憶を頼りに記録をまとめます」

わたしはノートをヤンソンさんにみせた。ヤンソンさんはぱらぱらと頁を繰りながら、ところどころになにか書いている。返ってきたノートには、わたしの殴り書きのかたわらに、ヤンソンさんの端正な文字で綴りの直された人名や地名が記してあった。

自分がその著作を翻訳している作家に、はるばる海をこえて会いにいく。そのくせ、具体的な質問をするでもなく、自分はコーヒーを、相手はウィスキーを飲みながら、たいていは他愛のない話をする。そして夕方、心地よい緊張と疲れとともに、ひとり帰途につく。これほど贅沢な時間があるだろうか。

その日、わたしが暇乞いをすると、ヤンソンさんがいった。

「今度の会議のプレス会見でこれを着ますよ。わたしの仕事着としてね」

一九九四年八月七日から一〇日にかけての四日間、フィンランドのタンペレで開かれた「トーヴェ・ヤンソン国際会議」は、いろんな意味で、わたしの記憶に深い痕跡を刻んだ。

北欧の大きな都市は、ヘルシンキやコペンハーゲンなどの首都はいうまでもなく、多くが海に面している。北欧の民は、古くは遠くフランスやイギリスあたりまで掠奪に、いや、交易に出かけたヴァイキングの末裔なのだ。すくなくともスカンディナヴィア人の自意識においては。だからかつてはフィンランドでも、スウェーデン語系は沿岸に、フィン語系は森や湖畔に住みつく傾向があったとされる。

その意味で、ヘルシンキから列車で北東に二時間ほどで着く、内陸にある北欧最大の都市タンペレは、すぐれてフィン語系的な街といってよい。じっさい、この街のスウェーデン語系の人口比率は〇・五パーセントにとどまり、国の平均値の一〇分の一にすぎない。会場となったのは、フィンランド第二の都市タンペレの中央に位置し、コンサートや国際会議の会場として北欧最大の収容数を誇るタンペレ・ホールだ。

さらに、この会議に先駆けて、同年六月には、絵画を中心とする大規模な回顧展が、タンペレ市立美術館で始まっていた。めったに公開されない個人蔵の油彩、最後の手描き絵本『ムーミン谷へのふしぎな旅』や政治諷刺雑誌『ガルム』掲載の原画まで網羅しており、従来の個展とかなり趣を異にしていた。

そもそも「回顧展」という表現じたいが、ひとつの完結した創造世界を連想させ、このころすでに画家としての評価が定まりつつあったことを示唆する。もはやトーヴェ・ヤンソンという芸術家(画家であり作家でもある)は、「挿絵も描ける児童文学作家」ではなく、「挿絵や諷刺画も描ける画家」なのだ。

冒頭のスウェーデンの新聞記事によれば二百五十人(ヘルシンキのスウェーデン語系日刊紙によれば二百人)が集まったとされる。研究・教育・出版・翻訳・制作・広報・販売・法律など、なんらかの領域でヤンソンの作品や活動に「専門的に」関与している人たちの集まりとしては、たいへんな数である。

その国際会議のプログラムがりっぱなのだ。フィン語・スウェーデン語・英語のトライリンガルで、四日間の詳細なプログラムと梗概が、印刷されている。それも一〇八頁もの光沢のある上質紙に。

主催・共催の機構や共同体の資金が潤沢なのか、協賛のメセナ企業が奮発したのか、ヤンソンを囲んで十数人の豪勢な午餐の食卓が調えられた。祝辞や挨拶の人選も豪華である。マルッティ・アハティサーリ大統領夫人の開会の辞に、タンペレ市長とSNI（現在のLKI、フィンランド児童文学機構）所長の挨拶がつづく。

それになんといっても講師の顔ぶれがすごい。ヤンソンの友人でフィンランドを代表する詩人ボゥ・カルペラン、長年のアカデミックな研究と誠実な人柄でヤンソンの信頼も厚いストックホルム大学教授のボゥエル・ウェスティン、画家ヤンソンの正当な再評価に先鞭をつけた美術評論家のエリク・クルスコプフ、後期ムーミン物語の端正な英訳でムーミンを世界へと羽ばたかせた、みずからも詩人で作家のトマス・ヴァブルトン……。

このなかにいわゆる学術的もしくは文学的業績をあげたフィン語系研究者がいない（もしくは呼ばれていない）ことに注目すべきだろう。かろうじて、フィン語系新聞の気鋭の記者スヴィ・アホラがひとり気を吐いている。

わたしは翻訳者の資格で、きら星のごときスピーカーたちにくっついて、「ムーミン、海外へ」と題された五人のシンポジウムの末席に連なった。北欧文学の草分け的研究者グリン・ジョーンズ（イギリス人）、フィンランドと日本が共同制作したテレビアニメとナーンタリのムーミンワールドの立役者デニス・リヴソン（スウェーデン語系フィンランド人）、「子どもの移動図書館運動」主宰ジュヌヴィエヴ・パット（フランス人）、ヤンソン文学翻訳家ビルギッタ・キヒェラー（ドイツ人）といった人物がどういう人たちかも、当時はよくわからぬままに。

多くのジャーナリストも、この国際会議をトーヴェ・ヤンソンに取材する千載一遇の機会ととらえた。北欧だけでなく、バルト三国、英仏独その他、北米からも集まってきた。フランクフルトから駆けつけた日本の特派員もいた。

ヤンソンは林立する大小数十本のマイクに向かい、手もとの紙片でときどき確認しながら、質問に簡潔に答えていく。

――もうムーミン本は書かないのか？

――書かない。書きたくても書けない。なぜなら……。

――子どもの読者からの手紙にはどう対処するのか？

――もちろん返事は書く。でも、子どもたちには伝えてほしい、わたしにはもう時間がないのだと……。

どれも何十回、何百回となく、くり返されてきたQ＆Aだ。

とはいえ、基本的に和気あいあいとした空気に、一瞬、緊張が走った。スウェーデンの新聞記者が質問したときのことだ。「最近、日本製のアニメが世界的に大人気だが、原作との絵やプロットの違いを指摘し、違和感をいだくひともいる。原作者としてそれをどう思うか」

ヤンソンさんはまたかと顔を曇らせた。一九九一年に放送が欧米でも始まり、おなじ構想にもとづき一九九三年にナーンタリにムーミンワールドがオープンして以来、定番化した質問らしい。

作者によるオリジナル以外は認めない、アニメやキャラクター化といった二次創作などもってのほかと考える原理主義者は、北欧でも少なくない。

それまで終始にこやかな口調で答えていたが、真顔になってこう答えた。

あのアニメにはわたしも弟のラルスも、それからプロデューサーのデニス・リヴソンもかかわっています。そもそも日本のアニメはよくできていますよ。日本人は心をこめて作ってくれた。わたしはそれを評価したい。

彼らはわたしたちの世界観に近づく努力をしてくれた。わたしたちも彼らの世界観に近づく努力をするべきではありませんか？　それでも違いが残るとしたら、それは悪いことではない。

わたしたち(言語少数派のスウェーデン語系)はフィンランドのなかでなんでもいっしょ、おとなりといっしょということにこだわる傾向があります。自分たちでわざわざ息苦しくしているのです。

この呪縛から解放されるためにも、自分たちと違う地球の向こう側の世界の存在はたいせつなのです。

このやりとりを聞いて、先日のヤンソンさんが、プレス会見時にこぎん刺しの上着を着ますよと宣言した意味がわかったような気がした。一種の暗号メッセージをこぎん刺しの「野良着」に託してくれたのではないかと。

そのあとまたなごやかに、ひと通りのルーチンをこなしたあと、ヤンソンさんは冗談めかしてこう結んだ。

「マスコミ関係者や研究者のみなさんにお願いがあります。できればおなじ質問をしないでほしい。あらかじめ準備した覚書を読みあげればすむようなのは、とくに」

この間、ヤンソンはずっとスウェーデン語で話し、フィン語と英語の同時通訳がつき、聴衆はヘッドフォンで聴いた。大勢の聴衆をまえにしたときのヤンソンは、はにかむように、ゆっくりと、ひとつひとつ言葉をかみしめながら、静かな声で喋るのがつねだった。

そういったときのヤンソンは、たいていあまり抑揚なく淡々と語る。だが、その穏やかな語り口に、気を抜いてはいけない。ふいに、まなざしに鋭い光がやどる。そして、こちらがはっとする間もなく、一瞬のちには、口もとにいたずらっ子の笑みをうかべ、なにごともなかったように、もとの話に戻る。

その一瞬になにか重要なことが語られたはずなのだが、往々にして、わたしたちは(すくなくとも、わたしは)聞き逃してしまう。けれど、あのときはめずらしく注意がとぎれなかった、と思っている。

歴史的にも文化的にもすぐれてフィン語的であった内陸都市タンペレに、ヤンソンは一九八〇年代なかばから九〇年代初めにかけて、すぐれてスウェーデン語文化的なムーミン関連および政治諷刺雑誌『ガルム』の原画を寄付しつづけた。そのひとつの結実が一九九四年の国際会議だった。

いま、振りかえってみると、こんなふうに思えなくもない。一九九四年のあの四日間は、トーヴェ・ヤンソンというきわめて私的な、そしてある意味で、どこにも場をもたないコスモポリタン的な画家であり作家である人物が、公的な一歩をふみだした瞬間だったのではないか。すなわち、フィンランド在住のスウェーデン語系という一部の言語少数派の専有物ではなく、フィンランド人とフィンランド文化を代表するひとつの象徴へと変貌をとげるために。

ヤンソン本人にはその自覚があったのかもしれない。だからこそ、国際会議の三日めに八十歳の誕生日を迎えながらも、初日の夕方の蔵書寄贈式、二日めの開会式、三日めの午餐、四日めには閉会式など記念式典の主賓をつとめ、ほとんどすべての講演やシンポジウムに出席したのではないか。

さすがに、国内外の授賞式などでハレのスピーチを数多くこなしてきたヤンソンも、いささか勝手が違ったのか、なんとなく、いつも以上に緊張してみえた。無理もない。年齢も、国籍も、外見も、母語も、おそらくは関心の在りかも、いつも以上にまとまりのない聴衆、しかも幸か不幸か、こぞって、ヤンソンの一言一句に耳をそばだて、一挙手一投足に注目する聴衆が相手だったのだから。

八十歳という齢に加え、健康も万全とはいえないなかで、尋常ならざるハードスケジュールをこなすには、どれほどの決意と精神力、なによりも忍耐力を要したか、想像にかたくない。じっさい、ヤンソンが公に姿をみせるのは、この国際会議をもって最後となる。

閉会式で、記者が最後の質問をした。

「講演者や列席者、そして世界じゅうの読者に、おっしゃりたいことはありますか？　それから、いま、いちばんなにをなさりたいですか？」

ヤンソンさんはあの独特の笑みをうかべて、ゆっくりと答えた。


まず、自分の作品にもかかわらず、こんなにも、知らないことだらけであると気づかされて、ほんとうに驚きました。みなさんの、たくさんのゆたかな実りをもたらす理解と、それに負けず劣らずたくさんの覚醒をもたらす誤解に感謝します。

いま、なにをしたいか？　決まっています。アトリエに帰って、書くことです。ほかになにがありますか？

北欧のアイコン、世界のアイドルとなる

「わたしは境界が好きです」。これはトーヴェ・ヤンソンの口癖だった。「夕暮れは昼と夜とを分かつ境界であり、浜辺は海と陸とを分かつ境界であり……」と、時間にかかわるもの、空間にかかわるものと、境界といってもさまざまだ。物理的・空間的なものにも限定されない。

一九八六年のインタヴューでヤンソンはこう説明する。

「境界とはあこがれる気持です。相対するふたりが互いに惹かれあっていながらも、いまだなにひとつ言葉にならないでいるのです。境界上にあるとは、途上にあることを意味します。たいせつなのは、そこにいたる道のりなのです」

このインタヴューの翌年、まさに「途上にあること」を描いた短篇集『軽い手荷物の旅』が刊行された。この時期のヤンソンの大いなる関心事だったのだろう。この短

篇は、初老とおぼしき主人公の男性が、意気揚々と「軽い手荷物の旅」を決行する場面で始まる。

「軽い手荷物——無造作にたずさえる小さなバッグひとつ——で旅をすること、かろやかな足どりで、急ぐともなく、たとえば飛行機の手荷物待合室を通りすぎること、重い旅行鞄を引きずって焦る大勢の人びとを悠々と追いぬいていくこと」と、主人公は「積年の夢」を言語化する。

物的な身軽さは精神の自由の証でもあって、ここでヤンソンの後期小説でしばしば言及される「旅の本質《イデー》」の問題が浮上する。「なにものにも縛られずに途上にあるということ。背後に残してきたものに責任を負うことはなく、前途に待ちうけているものについては準備も予測も叶わぬ状態。すばらしい平和」

主人公が列車ではなく船で旅をするのは象徴的だ。固い大地をふみしめるのではなく、大地からすこし浮いて流れるように旅をしたいのだ。

かくて強いあこがれは強い牽引力を生み、ひとつの状況からべつの状況へのたえざる運動、たえざる(スピノザ的)変様をうながす。ゆえに境界とは固定された実体ではない。複数の方向性《ベクトル》のせめぎあう、言語化になじまない、一瞬一瞬のはかない均衡である。そして均衡はつねに破綻の危険にさらされている。だから愛おしいのだけれど。

ヤンソンによれば、境界の最たるものは「夏と秋を分ける境界である八月」であって、「一年のなかでこれほどすてきな月はない」と断言する。ちなみに、ヤンソンの誕生日が八月九日なのも、『ムーミンパパの思い出』の初版(一九五〇年)でムーミンパパの誕生日が八月九日だと記されていたのも、おそらく偶然ではない。

もっとも、改訂版(一九六八年)ではパパの誕生日は明記されず、語り手のヤンソン自身と作中の(自称)自伝作家ムーミンパパとの安易な一体化は斥けられる。

ともあれ、北欧で八月の声を聞くと、つねならば日中でも秋の気配が忍びより、朝夕にはぐっと冷えこむ。ところが、トーヴェ・ヤンソンの八十歳の誕生日を祝う国際会議がおこなわれた一九九四年八月のタンペレは、ここは亜熱帯かと思わせる陽気だった。

いつもは夏でも涼しいフィンランドだから、個人の住まいはむろんのこと、公共の建物やホテルにも冷房の設備はない。いや、なかった、かつては。

しかしこのたびは、宿泊客の苦情をうけて、ホテルが各部屋に扇風機を設置してくれた。だが、ブンブンと空気を攪拌する羽のくりだす生温い風では、とうてい暑気は払えない。日本の湿気と暑さに慣れたわたしでさえ、えらく往生し、大汗をかいて眠れない数日をすごした。

さぞかし北欧人にはこたえたにちがいないと思いきや、友人のユハは「今朝も家のまえの池で、息子といっしょにひと泳ぎしてきた。やつも大きくなったから、折り返しで数メートルは引き離されちまったがね。爽快な一日の始まりだ。夏はこうでなくちゃ」とごきげんだ。あっけらかんとした姿勢が、うらやましくもあり、ときにうっとうしくもある。

こういうときにヤンソンの「塔のアトリエ」は威力を発揮する。

「ここは涼しいですね」

一歩入るなり、時節伺いみたいな挨拶が、思わず口をついて出たが、この日は、めずらしく仕事らしい仕事をしなければならなかった。国際会議に間に合うように、チームで完成させた『ムーミン谷への旅』(高橋静男、渡部翠と共著、講談社、一九九四年)について説明するのだ。

「今日は、別便でお送りしていた本の補足説明をさせてください」

まだ多くのひとが、「ムーミン」は日本のテレビアニメだと信じて疑わず、フィンランド人女性による児童文学および新聞連載漫画だとは知らなかった。

そんな時代に、一般読者に向けた網羅的な導入書は画期的だったし、手前味噌を承知のうえで、四半世紀たったいまも、充分に世界水準のムーミン谷への道案内たりうると思っている。

フィンランドの文化的脈絡でみるムーミン谷、北欧民間伝承からムーミン物語への影響関係、ムーミン谷の生きもの一覧、ムーミン前史と諷刺画、九冊のムーミン物語の読み解き、ヤンソンの人となり、コミックス、アニメやキャラクター製品等の二次創作、タンペレ市立美術館と併設の「ムーミン谷」美術館への言及、作者と作品の年譜もある。

白眉はヤンソン本人による寄稿である。「日本からとどいた手紙で、ひとりの女の子が、文章を書くことと絵を描くことでは、どちらがより重要かときいてきました」で始まる一文は、子どもにもわかるやさしい言葉で、しかし気休めでお茶をにごすことなく、しっかりと困難にもふれつつ、文と絵の解きがたい相関性を説きあかす。

弟のペル＝ウロフも、子どものころに体験した、彼の眼からみた家族の島暮らしを、生き生きと伝えるエッセイを寄せてくれた。姉弟そろっての寄稿など、めったにない。担当編集者の奮闘の成果である。

こういうしだいで、今回のアトリエ訪問には、この本をA４用紙五頁に要約した拙い英文を持参した。さいわい、ヤンソンさんはとても喜んでくれた。

「あなたたち日本人にはびっくりさせられる。あっというまに、こんなものを作ってしまうんだから」

「文化的に遠いのですから、必要なんです。ヨーロッパと違って、放っておいても理解できるとはかぎらないので」

いうまでもないが、本格的な文芸評論や論文なら、一九八〇年代にはスウェーデンやイギリスで刊行されていた。けれども幅広く一般の読者を対象とする本は、わたしは寡聞にして知らない。日本でこういう紹介がされていることに、ヤンソンさんが驚いたのも無理はない。

トーヴェ・ヤンソンがスウェーデン語で子どもとおとな向けの小説を書いたフィンランドの作家であり、油絵・挿絵・フレスコ画・諷刺画・漫画の分野で多くの作品を残した画家であること、つまり、驚くほど多彩な活動に手を染めた「芸術家」であったことは、ここ十数年で、ようやく日本でも広く知られるようになった。

ひるがえって一九九四年にさかのぼると、事情はだいぶ異なっていた。ヤンソンがもとは画家としての教育をうけたことや、ムーミン物語が戦後の児童書の古典と称されるにいたっても、本人は自分の本職を画家だと考えていたこと、さらにはおとな向けに小説を定期的に発表する現役の作家であることは、周知の事実とはみなされていなかった。

では、この四半世紀になにが起きたのか。最近つらつら考えるうちに捻《ひね》くりだした、後付けの屁理屈にすぎないかもしれない。けれど、一九九四年にタンペレで開かれたあの大規模な国際会議は、ヤンソンの母国フィンランドによるヤンソン受容の分水嶺であったと思えてならない。

その受容の変貌は、一九九五年のEU加盟を翌年に控えたフィンランドが、北欧の大国スウェーデンにのみこだわらず、より大きな枠組であるEUの一員として、外交的にも経済的にもより積極的に「外向き」になっていった時期と奇しくも一致する。

ひとつの兆しが、その年の春におこなわれたフィンランド大統領を選出する国民投票である。ヤンソン国際会議で開会の辞を読みあげたのは、エーヴァ・アハティサーリで、その夫マルッティ・アハティサーリが第十代大統領の座を賭けて、決戦投票にまでもちこんで、僅差で破った相手というのが、エリサベト・レーンだった。

社会民主党の支持、フィン語系、男性のアハティサーリと、スウェーデン人民党の支持、スウェーデン語系、女性のレーンという、対照的なふたりの熾烈な一騎打ちは、たいへんな話題となる。

どこへいっても、だれもが口角沫を飛ばして論じていた。どちらに一票を入れるべきか。多くのひとが最後まで迷っていた。じっさい投票率は二度とも八二パーセントをこえ、大統領選はまれにみる激戦となる。

わたしの友人でフィン語系フィンランド人のマイリスも、どちらに投票するか決めかねていた。子どものころ、トーヴェの本は読んだことがない、スウェーデン語で書かれているから。スウェーデン語系は、とくに首都圏の人たちはかつてスウェーデンから渡ってきた官吏の子孫が多い——といった言葉の端々から察するに、スウェーデン語系にあまりいい感情をいだいていなそうだった。

「ただし、エリサベト・レーンはわるくないわね」

「どういうところが?」

「本物のフェミニストのところ」

「「女性であること」を都合よく使い分けないという意味?」

「まあね。たとえば、男女同権をうたうなら、男性にだけ兵役が課せられるのはどうかってこと」

たしかにレーンは女性初の国防大臣に就任し、志願すれば兵役に就く可能性を、つまり十全な義務と権利を女性にも与えた。賛否両論のある措置だったが、マイリスにいわせれば、「選択の自由が広がることが重要」なのだとか。

フィン語系男性とスウェーデン語系女性の決戦投票は、小学校教師から国際派外交官に転身したアハティサーリが、有言実行の女性国防大臣レーンに薄氷の勝利をおさめて決着がつく（ちなみに、フィンランド初の女性大統領は二〇〇〇年に就任し、二期一二年をまっとうしたフィン語系のタルヤ・ハロネンで、就任早々、彼女に「ムーミンママ」の綽名を進呈したのはスウェーデンの日刊紙である）。

やがて政治・経済・文化を含め、フィンランドのすべてが徐々にフィン語化されていく。と同時に、外交官出身の大統領の指揮のもと、他の北欧諸国とは一線を画するかたちで、ユーロ圏参入とEUへの完全加盟を一括してうけいれた。その結果、ローカルな「フィン語化」とグローバルな「英語化」をみごとに同時進行させせたといってよい。

この大きな流れを、ことの本質にかかわる不可逆的な動きを、ヤンソン自身はどのくらい自覚していたのだろう。一九九〇年に入ってからのヤンソンのさまざまな言動を思いだす。

一九九〇年に発表された日本とフィンランドの共同制作のテレビアニメ、九三年のナーンタリのムーミンワールドの開園、そして九四年の国際会議で焦点のひとつとなった、すぐれてスカンディナヴィア的な存在というべきムーミンの「国際化」あるいは「無国籍化」を警戒する北欧メディアとの応酬。そのどれにもヤンソンの覚悟（諦念？）がすけてみえる。

「ひとたび作者の手を離れた作品は、もはや作者のものではない。否応なく、うけいれるしかない。であるなら、お互い気分よく、前向きに、建設的にうけいれたい」そういって、ヤンソンさんはすこし困ったように首をすくめた。二次創作を認める以上、それらのムーミンたちをいつまでも言語少数派の特権的アイコンとしてとどめおくことはできない。かれらはフィンランドの国民的アイドルとなり、やがてはフィンランドの枠組をもこえてグローバルな人気者になるだろう。

とはいえ、作家たるヤンソン、文字への信頼を失ったわけではない。悪しき「国際化」すなわち「無国籍化」を食いとめる楔として、フィン語系の街タンペレの市立美術館に、挿絵や水彩の原画の多くを寄贈する一方で、フィンランドがスウェーデン王国の一部だった時代の首都オーボ（フィン語名トゥルク）とスウェーデン語系のオーボ・アカデミー大学の図書館に、小説の異同原稿と読者からの手紙の大半を寄贈しているからだ。グローバルな視覚的資料はタンペレへ、より対象を限定する言語的資料はオーボへ。絶妙なバランス感覚である。

わたしの知るかぎり、タンペレのヤンソン国際会議は、後にも先にも、もっとも規模が大きく、内容もすばらしく充実した大会であった。

タンペレ大学の学生とおぼしき若いスタッフたちは、前面に文言が英語で記されたおそろいのトレーナーを着て、忙しく立ち働いていた。深い緑の地に、蛍光色の緑の字。売っているのはLのワンサイズ。わたしは二種類の文言入りを手にいれた。一枚は、スウェーデン語系詩人のヨスタ・オーグレンの言葉「心配するな、うまくいくさ」が英語でプリントされている。主催者の心の声だろうか。

もう一枚の文言は、ある意味、とてもセンスがいい。

「ターザン、ハングリー！　ターザン、イート、ナウ！」

『たのしいムーミン一家』で、ジャングルに変貌したムーミン屋敷のなか、大好きなターザンに扮したムーミントロールの歓喜の雄叫びだ。「かれ、なんていっているの？」と訊くスニフに、スノークの女の子が答える。これがじつに格好いい。いかにも「軽そうな」女子に、「重い」含みのある言葉を託すのが、ヤンソンらしい。

「これからご飯だ、といっているの。わかる、ターザンはそれしかいえないのよ。これは英語といってね、ジャングルにきたら、だれもがしゃべる言葉なの」

わたしの手もとには、彼女の色あせた「パートナー」が残った

「今日から、禁煙する。その証拠に、この煙草を吸い終わったら、その瞬間から、もう一本も吸わない。はい、あなたが証人、いいですか?」

なんの話をしていたか、おぼえていないが、とつぜん話を中断して、ヤンソンさんが禁煙を宣言した。まじめな表情を崩さず、白いパッケージをテーブル越しに、ちょんと指で押してよこした。——汝、我が堅き志の証人たるべし!

アトリエの奥にある小さな丸いテーブルには、六角形の薄い耐熱ガラスの灰皿。根元まで焦げた数十本の吸殻が燻《くすぶ》っている。ヤンソンさんは、当時の作家や芸術家がそうであったように、たいへんなチェーンスモーカーなのだ。

ときどき思いたっては、こんなふうに「禁煙」を宣言し、そのときたまたま居合わせたひとに、吸っていた煙草のパッケージを、「誓約の証」として進呈するのが、彼

女流のジョークだった。

そういえば、新聞連載コミックスの「ムーミンママの小さなひみつ」では、小悪党スティンキーの誘いを断りきれず、ドロボー協会の「うんと控えめなユーレイ会員」になったムーミンママが、「沈黙の誓い」を立てた。——われ、協会を裏切るならば、深淵にのみこまれんことを、と。そして、警察署長とも友だちのママは、もちろん誓いを破るはめになり、とんでもない騒動が起きる。

わたしに託されたのは、アメリカ製の白いソフトパッケージ。青地に白抜き文字で「パートナー」とロゴが入る。茶色のフィルター付きの煙草が半分ほど残っていた。

「本年n回めの禁煙」に突入すべく、最後の煙草の先端を灰皿で潰し、ふうっと薄い紫煙をはき、ヤンソンさんが本題に入った。

「わたしのインタヴュー記事をあらかた読んでいるあなたなら、知っていると思うけれど……」と、ぐいっと身を乗りだした。

さあ、来るぞ、とわたしは身構えた。不意打ちの口頭試問にさらされた学生みたいに。こういうとき、なにが飛んでくるかわからない。

ヤンソンさんはつづけた。

「『ムーミンパパ海へいく』について、しょっちゅう訊かれるのだけれど、とても答えにくい質問はなんだと思いますか?」

むずかしい。正答を知るためという以上に、反応を知りたいたぐいの質問だ。

「ええと、そのう、『ムーミンパパ海へいく』をめぐるいくつかの謎、のことですか」とおそるおそる探りをいれる。

「具体的には?」とヤンソンさんはそう易々とは手をゆるめない。

「たとえば、つぎのような問いに収斂できます。――パパが家族を道連れに住みついた灯台の島には、実在のモデルがあるのか。――そのことは作品解釈に決定的な差をもたらすのか」

ヤンソンさんは習慣から、つい無意識に、テーブルのほうに手を伸ばす。はっと気づき、照れくさそうに笑った。先刻の禁煙の誓いを思いだして、少々早まったかと後悔しているのか。

一方、わたしは受験生気分で、これまで蓄積した知識のありったけを、ここぞとばかりに開陳しにかかった。

――作者(つまりあなた)のたっての要望によりムーミン第八作の本書に小説《ロマン》の名が冠された。本書に児童書ではなく一般書の扱いを望んだから。

――海図に記されたフィンランド湾の名称、詳細な緯度もきわめて具体的。作者

（つまりあなた）が一九六五年から数年まえまで夏をすごしてきたクルーヴ島《ハル》が……。

ここで、はたと言葉に詰まった。わたしの頼りない記憶では、ヤンソンさんがこのたぐいの質問に、きっぱり答えたことはない。答えたくないのかもしれない。そうか、やはりこれは試験なのだ。ただし、知識の量ではなく、理解の質を問うための。

そこでヤンソンさんの顔をみながら、慎重に言葉をついだ。

「つねづねおっしゃっていましたね。作家には読者の質問すべてに答える義務はない。また、読者にも作家のすべてを所有する権利はないと。読者と作家は作品のなかでこそ出逢うべきだと」

「あなたの考えは？」

「同意します。実在の土地や人物のうちに、作中のモデル探しをする愉しみは、読者のものです。だからといって、妥当かどうかを答える義務は、作者にはないとも思います」

短篇集『軽い手荷物の旅』の「往復書簡」で、ヤンソンが「タミコ」という虚構の個人に仮託して読者一般に伝えたかったのは、作家の紡ぎだす虚構のなかで読者と作家は出逢うべきというメッセージだ。わたしは作者ヤンソンのこの意志を尊重したい。

「いつだったか、どうして質問しないのかと訊いたら、あなたは答えた。たいていの（すくなくともムーミン関連の）質問はすでに新聞や雑誌のインタヴューに答えがあるからですって」とヤンソンさんはいった。

「生意気をいいました」とわたしは恐縮する。

「あのときは鼻白んだ。どのインタヴューも記事も代わり映えしないという意味かと思って」

「ずいぶん失礼な言い草に聞こえますが、貴重な時間を無為に使うまいと思ってのことで……」。だんだん声が小さくなる。

「いまならわかる。それに、あなたのいうことは当たっている。ある時点で、準備したQ&Aに沿って答えるようになったのは事実だから。たいていの質問は似たり寄ったりだし、毎回、違うことをいうと混乱が起きるしね」

ここでわたしはすこし立ち直り、曖昧な記憶をたどった。

「それに、作家というものは、自分の最新作にいちばん興味があるものだと、どこかで読んだことがあります」

「ミルンですね、そういったのは」

「そう、そうでした」

「つぎつぎと新しい戯曲を発表したのに、読者も観客も批評家も『ウィニー・ザ・

プー』の話題ばかり。たまには自分にも興味のもてる話、つまり新作の話をしてくれないかってね」

この返事に力を得て、思いきっていってみた。

「たまには近刊の小説の話しかしない読者というのがいても、気分転換ぐらいにはなるかなと思ったのです」

「なるほどね、わかりきっている質問をしない相手というのは、なかなかありがたいものよ」

ヤンソンさんの表情がふっと和んだ。たんに気のせいで、いつのまにか夕刻が近づいてきて、アトリエをくまなく充たす光の加減が変わったせいなのかもしれない。口頭試問は終わったのか。合格、それとも不合格？　正答はもとより知る由もない。

それでも、この日を境に、口調が以前より気がおけない感じになった、と思う。

「翻訳のことも、内容のことも、遠慮しないでもっと訊いてもいいんですよ。答えたくない、答えられないことは、放っておくから」

それからヤンソンさんは、階段を上ってロフトに行き、しばらくごそごそなにかを探していたが、Ａ４サイズの資料を数十枚かかえておりてきた。

「これをしっかり読めば大丈夫」

だいたい一九九〇年前半に書かれた手稿で、両親、母方の祖父母や親族(父方の親族はめったに言及されない)、読書の愉しみ、ちびのミィ論など、主題はさまざま。母シグネについての長文エッセイもある。両親の紹介はこんなふうに始まる。

パパは彫刻家で、ママは挿絵画家だった。ふたりが仕事をしているときは、ぜったいに騒いではいけないと申しわたされていた。つまらなくはあったが、とにかくパパもママもたいてい家にいた。これが肝心なところだ……。

母方の祖父母を紹介する力作は、ヤンソンみずから自伝的と認める小説『彫刻家の娘』の「金の子牛」で採録される。十歳かそこらの少女が使いこなす聖書の語彙や表象は、彼女が育った文化的・宗教的脈絡を想起させ、興味ぶかい。

わたしの母方の祖父は牧師で、王さまに説教をしていた。子や孫や曽孫がこの地にみちるまえ、祖父は森と岩山にかこまれた細長い緑の野にやってきた。パラダイスの谷を思わせるその野原は、子孫が水あびできそうな入り江へとひらけている。

祖父は考えた。ここに住みついて子どもたちを育てよう。神の祝福を受けたカナンの地となるだろう。

はじめてこの一節を読んだとき、けっこう驚いた。「王さまに説教」するという表現のインパクトある喚起力は侮れない。読者の多くが、この一行でヤンソンの手に落ちたのではないかと思う。

「事実かどうか？　事実といえば事実だし、虚構だといえば虚構です」とヤンソンさんはいった。わたしは待った。そのまま、続きは聞けずじまい。

『彫刻家の娘』や『少女ソフィアの夏』、さらには後期の小説群になると、自伝的要素どころか、エッセイもしくは日記を思わせる記述がある。ただ、どの程度まで事実で、どの程度まで虚構と考えてよいのか、あるいは、そのような読みかたはナンセンスだと思うか、と訊いてみたのだった。

個々の人物や場所は、創作にインスピレーションを与える。当然である。細部に神が宿る、というのも真理だ。ただ、身近な題材を扱う「私小説」的な作品の場合、事実と虚構の線引きはむずかしい。

たとえば「王さまの説教師」とは、スウェーデン国王の宮廷で説教師をつとめた、母シグネの父フレドリク・ハンマルステン牧師である。地方のルター派教会の副牧師職をふりだしに、しだいに首都により近い教会へと転任し、やがて国王列席の礼拝で説教をする要職につく。すべて事実である。

さらに彼こそ、最初にトーヴェと島とをむすびつけた人物なのだ。それは、彼女が生まれるまえにさかのぼる。彼女の両親の結婚式を司ったのも、トーヴェと命名する洗礼式を司ったのも彼だった。

場所は、ストックホルム近郊のブリド島にあるシグネの両親の別荘。親族一同が見守るなか、式と披露のパーティは、別荘の広々とした庭、いや、庭と呼ぶには野趣あふれすぎる原っぱで、粛々とおこなわれた。

トーヴェは七歳まで、シグネに連れられ、祖父母の別荘でたのしい子ども時代をすごす。大好きなママといっしょに、学齢まえだから大きらいな学校に行く必要もない。ほんとうに屈託のない子ども時代は、この年で幕をおろしたのかもしれない。

一九二〇年には上の弟が生まれ、忙しくなったシグネはストックホルムへの里帰りができなくなった。かわりに家族そろって、ヘルシンキ近郊のペッリンゲ多島海域の島で、夏をすごすことになる。

一九六五年以降、トーヴェはフィンランド湾沖にぽつんと浮かぶ、島というよりは岩礁というべき小さな無人島に、小屋を建て、初夏から初秋にかけて、亡くなる数年まえまで住みつづけた。

八十六年の人生と、ほぼそれとおなじ長さといっても過言ではない創作活動は、このブリド島、クルーヴ島、ペッリンゲ本島の三つの島たちとの関わりから生まれた。トーヴェ・ヤンソンの小説や絵を愛するひとには周知の事実である。

これらの島たちは、いずれもバルト海の多島海域に位置する。この幸福な出逢いがなかったなら、独立不羈《ふき》の芸術家トーヴェ・ヤンソンのペンや絵筆から、「だれでもない生きもの」が棲息する「どこにもない谷《ユートピア》」は生まれなかったかもしれない。

一九八五年のインタヴューで島暮らしの意味を問われて、ヤンソンは島暮らしの孤独と自分との和解とをむすびつけている。乾いた詩情をたたえた美しい一文だと思う。

長くひとりでいると、聴こえるものが変わる……古くて固まった考えが、あらたな軌道に乗って躍りだす。でなければ、ひからびて死ぬ。みる夢は素朴で、めざめると微笑みが浮かぶ。問題は単純なもので、いつも解決の道がある。嵐ならボートを岸に引きあげる。夜にはランプをともす。木片を集め、薪を割る。水が底をつく。すると雨が降る。

そのあと扉口に立って、凍えながらも猛烈にしあわせで、薄明かりに痩せた土地と険しい崖をみつめる。人生を贈りものとみなすという、忘れられていた可能性が、ふいに現実味をおびる。

焔が広ロストーヴのなかで伸びあがる。眠るために身体を丸めると、ふたたび静けさを感じ、自分自身と仲よくなる。


一九六〇年代なかば、ヤンソンは執筆に専念するため、さらなる孤独を求めて、クルーヴ島に逃れた。以来、限られた人間しか島に立ち入らせなかった。とはいえ、彼女の孤独に忠実に寄りそっていたものもある。「パートナー」という名の煙草だ。いまもわたしの手もとには、ヤンソンさんの禁煙の誓いの証が残っている。パッケージも煙草もくしゃくしゃになり、すっかり色あせ、香りも抜け、みすぼらしい塊にすぎない。

長年の喫煙が祟ったのか、晩年、肺癌だとわかったときには手遅れで、転移をくり返す癌細胞に、ずいぶん苦しめられたと聞く。

それでも、叶わぬさだめの祈りのごとく無力で、なんだかもの悲しくもある祓魔《ふつま》の残滓を、どうしても棄てられないでいる。

おわりにかえて——

パリからヘルシンキまで、ミンネのかけらをつないでみる

二〇一七年一一月、「ミンネのかけら」の連載が始まった。文体といえるものがあるわけでなし、主題らしい主題があるわけでなし、進むべき方向が定められているわけでもない。

ただ、視線を送る方向はわかっていた。遠い過去へ。意識さえしなくなっている、忘れ去られた過去へ。

そういった過去へと向けられる視線に刺戟され、ふとめざめる意識のおもてに浮かんでは消えてゆく記憶《ミンネ》の断片を、ひとつ、またひとつと、つなげていくとき、どのような物語が生まれるのか。

なんとなく、いまがそのときだと感じていた。いま始めないと、なにかが失われるのではないか。忘却のうす闇に呑まれたまま、忘れ去られたことさえ忘れ去られてし

まうのではないかと。
シモーヌ・ヴェイユは「純粋な過去」にプルーストの想起に匹敵する「歓びと美」を認めた。

> 過去、この世界の実在。しかも手が届かず、一歩たりとも近づけず、そこから発する光を迎えるべく自身を方向づけるべきなにか。だからこそ過去は、永遠にして超自然的な実在性のすぐれた表象である。

そうかもしれない。いや、きっと、そうだ。ただ、そうやって想起された過去の「純度」をどうやって測るのか。それを判断するのが恣意と願望にまみれた自我しかないというのに。

初回の「一四世紀に滅びさったカタリ派の痕跡を、パリで掘りおこす」の掲載後、わたしの時間と空間が、というよりそれらをとらえる感受性が、一九八〇年代のパリに占拠されたかのように、つぎからつぎへ、当時のできごとや親しくなった人びとの顔や言葉が思いだされてならない時期があった。

すぎたことを振りかえらない(反省しない)のが特技のわたしにとって、こんなに過去にこだわるのは異例といってよかった。それならそれでかまわない。徹底してみようではないか。

であるなら、初回に「カタリ派」をとりあげたのは、偶然にせよ快挙だった。現在から不純な養分をとりこむ可能性をかくも完璧に断たれており、ゆえに過去の純粋さをかくも完璧に失わずにいる事例など、めったにないのだから。

と同時に、ローマ教皇とフランス王という中央集権を企てる聖俗の権威が寄ってたかって抹殺を図ったにもかかわらず、いまなお研究の対象たりえるというのも、力に抗いえた純粋な過去にやどる熱量の大きさにあらためて感じいる。

まずは、パリ留学時代の記憶《ミンネ》のかけらを手がかりに、一気に四十年近くをさかのぼってみた。生まれて初めての長期の海外生活である。ほぼ毎日、セーヌ左岸六区の女子寮から五区のソルボンヌ大学と高等研究実習院（EPHE）まで、歩いて通ったものだ。

わたしが朝夕に往復する寮と大学のちょうど中間あたりに、リュクサンブール公園がある。年金生活者のグループが悠々とペタンクに興じ、旅行者がリュックに頭をのせてベンチで昼寝をし、おなかが空いたとぐずる小さな子らの手をひいて親たちが家路を急ぐ。

中央の大噴水の周囲には、おなじ時刻、おなじ位置に、イーゼルを設える画家が数人いる。光の具合が変わるとまずいので、画家たちの並びもほとんど変わらない。すくなくとも当座の絵を完成させるまでは。

画家たちは思い思いのペースで、それぞれの方角に視線を送り、深い瞑想にしずみ、画布をみつめ、ふと空を仰ぎ、また画布に視線を落とし、ときどき絵筆を動かす。わたしもたまに通りがかりに、数分、足をとめ、彼らの寡黙なパントマイムに視線を紛れこませたりした。

通りがかりといえば、やはり大学への行き帰りに、日課のごとく立ちよった建物があった。なかに入るのではない。入りたいとも思わなかった。カフカの短篇「掟の門」の主人公みたいに、ただ立ちより、ただ眺めていた。その建物はリュクサンブール公園の南端、オーギュスト・コント通りに立っていた。閑静な土地柄にふさわしく、典雅な浮彫《レリーフ》で飾られた扉口やバルコニーの支柱をそなえた堂々たる佇まいである。

一九二九年、ヴェイユの家族はその建物の七階と八階のアパルトマンに引越した。前年シモーヌが合格した高等師範学校へは徒歩圏内である。その後、内階段でつながったこのアパルトマンは、さまざまなドラマの舞台となる。

卒業後、シモーヌが労働組合や左翼反主流派に深くかかわる一九三〇年代、反ナチスの思想犯や反スターリン派革命家から、不況で喰いつめた失業者や東欧からの経済難民まで、さまざまな人びとが当座の宿泊と食事を求めてアパルトマンの扉を叩いた。「シモーヌに紹介されてやって来た」。これが、思想信条はそれぞれに異なっても、ただひとつ彼らが共有する「開けゴマ」であり、アパルトマンの頑丈な扉を苦もなく開けさせる呪文だった。いずれにせよ、きのどくな両親に拒否権はなかった。愛する娘の頼みを断ることができようか。

きわめつけは一九三三年大晦日の「事件」である。入れ代わり立ち代わりいろんな客人を招きいれてきたシモーヌの両親も、さすがに動揺を隠せなかった。扉を開けると、二十四時間体制で警護する屈強な護衛ふたりをしたがえたレフ・トロツキーが、妻ナターリア・セドフとともに立っていたのだから。

そのうえ、トレードマークの山羊鬚と口髭を剃って、ゆたかな髪をポマードでべったりと撫でつけていたので、顔つきがすっかり変わっていた。凝った変装には理由があった。スターリンに国外追放(国外での暗殺指令と同義語)を宣告されて、政治活動の自粛を条件にフランス滞在を容認された身でありながら、あろうことか八階のアパルトマンで「トロツキー派に近い党派の代表たちの会合」を開くというのだ。

このあからさまな政治活動、フランス政府との約束不履行が表ざたになったら……

と両親は蒼ざめた。もちろん、トロツキーご一行さまを招待したシモーヌ本人は気にもしない。だが、建物内のほかのアパルトマンの住人が気にしなかったとは思えない。彼らは知っていたのか、だとして反応はどうだったのか……。

第二次大戦でパリがドイツの軍門にくだると、他のユダヤ系の不動産とおなじ運命に見舞われた。つまり、ゲシュタポの捜索対象となり、ドイツ軍に占拠されたあげく、敗戦色こいドイツ軍の撤収と同時に、運べるものは根こそぎ運びだされた。ようやく一九四九年になって、正当な所有者の手に戻されたときの惨状は、想像にかたくない。

それからさらに三十年、わたしが留学生としてパリですごした一九八〇年代初め、舗道から八階あたりを見上げたころ、アパルトマンが新居として購入されてからすでに半世紀以上が経っていたが、依然としてヴェイユ家(現在はシモーヌの兄で天才数学者の名を恣にしたアンドレ・ヴェイユの子孫)の所有でありつづけた。

オーギュスト・コント通りからさらに数分歩くと、友人の彫刻家フランのアトリエに着く。わたしがパリで最初に親しくなったフランス人の女性だ。親子ほど年の差があったのに、ふしぎと気が合い、ほそぼそながら現在もつづくつきあいが始まった。

年齢や世代の差だけではない。かたや、パリで生まれ育った彫刻家で、人づきあいがよく、あらゆるタイプの知人友人に恵まれている。かたや日本の地方の街から上京し、ついにパリに辿りついた留学生で、人見知りが激しく、一年経っても同世代の友人ができない。ふつうなら接点などありそうにない。

フランにひきあわせてくれたのは、シモーヌ・ヴェイユだった。じっさい、わたしのフランスの友人のほとんどは、ヴェイユ研究の関係か、フランの関係で知りあった人たちだった。

今回振りかえってみて、パリでの自分の行動(と交際)範囲がきわめて限定的なことに気がついた。日常的に足を向けたところは、地図でみると、住まいの寮を基点とする半径一・五キロ内に収まる。大学、高等研究実習院、リュクサンブール公園、オーギュスト・コント通り、カルチエ・ラタンの古書店とカフェ、フランのアトリエ……。限定的だが、刺戟にみちた土地柄だった。しかも、近年の瀟洒で高級志向の「左岸主義」ほど気どっていない。

それなりに有機的なつながりで結ばれたひとつの集団から、興味をもって、あるいは好意的に迎えられるには、その集団の中心的/活動的な構成員の承認なり紹介が大きくものをいう。北欧に通うようになってから、より強く実感したことだけれど、規模的にはかなり大きいフランスでも似たような体験をした。

仲間うちで親密であればあるほど、外部にたいして閉鎖的になるのは、どこの世界でも変わらない。だからこそ、ひとたび部内者の認定をうけると、たいへんに居心地がよく、つぎからつぎへと芋蔓式に紹介がつづく。

かくて、人脈ゆたかなフランの後押しで、パリでの留学生活は記憶にふさわしい充溢を得た。


「じつは、離婚しているのよ、わたし」と、ある日、アトリエでコーヒーを淹れながら、フランが話しだした。

知らなかった。そんな翳りもみせなかった。数年まえに離婚した夫とのあいだには、息子と娘がいる。ちょうどわたしと同年代の。これでまた驚いた。フランの年齢がわからなくなった。もっと若いと思っていたが、ふつうに考えると五十歳にはなっている？　十代で子どもができたとかでないかぎり……。

「あなた、いま、計算したでしょ、わたしの年齢を」

それからの話がさらに驚きだった。

「結婚したのは長距離航路のハンサムな船長でね。最初はロマンチックだと思ったのよ。たまにしか家に帰ってこないというのも、恋人気分が長続きするからいいわって」

「じゃ、なにが、きっかけ？」

「わたしが本格的に彫刻の仕事に復帰しようとしたから。妻は家にいるもんだって」

「だって、ふだんは自分だって家にいないんでしょ？」

「保守的なブルジョワだったのね。いつもは、自分の帰りを家でじっと待っていてほしいくせに、たまには、はなやかなパーティとかに、着飾った妻を連れていきたいひとだった」

「それで？」

「わたしはかまわずアトリエを探しつづけた。なかなか気にいったのがみつからなくてね。そのうち夫とは口論が増え、いっそう疎遠になり、ついに彼は家を出ていった。べつな女性のところへ」

重い現実をあっさりと告げられて、打ちのめされているわたしに、その後、さらに追い討ちがかかる。

「ついに理想のアトリエをみつけた。それがここよ、いま、あなたがいるこのアトリエ！」

「ああ、よかった！」

「やった、わたしのお城をみつけた！　そう思ったつぎの瞬間、頭が割れるように痛み、わたしは意識を失っていた」

いつまでも帰ってこない顧客を不審に思った不動産屋が、意識もなく、ぼろ布のように丸まって、木の床に倒れているフランをみつけたのだった。何か月もの心痛と疲労がかさなったせいだろうか。脳の後方部に蜘蛛膜下出血が起きていた。

そして壮絶な物語が始まる。一時は生命さえ危ぶまれた。やっとこさ一命をとりとめたあとも、何か月も何か月も、言葉が話せなかった。字が読めなかった。このとき夫は一度も顔をみせなかった。フランは離婚を決意した。

「ほら、これ、これを使ってリハビリに励んだのよ」

そういってフランがペラペラ振ったのは、義務教育の最年少向けの「ABC読本《アベセデール》」。日本風にいうなら「ぴっかぴっかの一年生用のあいうえお読本」にあたる。それすら思いにまかせずという状態だったと聞くと、立て板に水とばかりに喋りまくる現在のフランが、おなじ人物なのかとさえ思えてくる。

「でね、救急隊のストレッチャーに乗せられて、救急車のけたたましいサイレンの音を聞きながら、妙に冷静に思ったのをはっきりおぼえているのよ」

「なんて思ったの？」とわたしはどきどきしながら訊く。

フランは眼を細めて、わたしの顔をみた。

「神さま、もし、わたしがこの試練を生きのびることができたら、これからは好きなことだけを、そうです、やりたいことだけをやると誓います。ひとの思惑とか、まわりの都合とかではなく。神さま、わたしを生きさせてください」

「やりたいことだけをやると誓う」。潔い言葉だ。元気がでる。自己完結的な決意表明にとどまらず、表明する相手に「誓う」という発想もいい。いまもときどき思いたっては、ひそかにフランス語で念じてみる。


わたしはこの言葉に呼応するスウェーデン語の言葉を知っている。そのひとも芸術家だった。しかも作家でもあったので、「ほんとうにたいせつなものがあれば、ほかのものすべてを無視していい。そうすればうまくいく」と自伝的小説の主人公の少女に語らせた。

この作家、当時八十五歳のトーヴェ・ヤンソンに、わたしが最後に逢ったのは一九九九年の暮れである。

太陽は昼近くにならないと顔をみせず、昼の三時には早々と沈んでしまう。ほんとうに暗い。気分も暗くなる。雪が黒く踏み固められた坂道を、何度も転びながら上っていく。

「煙草、ほんとうにやめたんですね」

「手遅れだったけどね。まあ、そんなものよ」とヤンソンさんは笑った。肺癌が発覚して、周囲が本気で心配して、さすがに喫煙をやめたのだ。

「トゥーティが自分もやめるといってね。これじゃ、やめないわけにいかない」

長年のパートナーのトゥリッキ・ピエティラ（トゥーティ）は、喫煙をやめずに禁煙儀式で遊んでいるヤンソンに業を煮やし、自分もやめるから、あなたもやめなさいと迫ったそうだ。

長く話すのも大儀そうだった。しょっちゅう立ったり坐ったり、あんなにつらそうなヤンソンさんをみたことがない。長居は無用と腰をあげたとき、ヤンソンさんがいった。

「ひみつをひとつ。いい？　わたしはもう小説が書けない。そう、なんにも書けない。これはひみつだから、だれにもいってはならない。いいですか？」

「良い作家になるには百年かかる」が口癖だったヤンソンさんの口から「なんにも書けない」などと聞くと平静ではいられない。また、からかわれているのか。その表情は冗談をいっているようにはみえなかった。わたしはふたたび何度も転びながら、さっき上ってきた坂道を下りていった。

それからまもなく、ヤンソンさんが入院したと聞いた。その後、入退院をくり返し、二〇〇一年に亡くなった。八十六歳だった。

その後、ヤンソンの信頼厚かったふたりの人間（スウェーデン人の研究者とフィンランド人の編集者）に、くだんのヤンソンの「ひみつ」の話をした。わたしはふたりの反応に救われた。

「あれはトーヴェの遺言。自分はもう書きたいことをすべて書いたという、ちょっと捻くれた表現のね」

そうか、そうだったのか。やりたいことだけやってきたひとの、最後の意志の表明は、こういうものかもしれないなあと思った。

やりたいことだけをやる——。パリとヘルシンキでまったく異なる人生を歩んできたふたりの芸術家のこの決意が、わたしのミンネをつなぐ旅の指針になるだろうか。

このふたりのほかにも、ここでとりあげたのは、名のあるひともそうでないひとも、みなちょっとどこかしら変わったところがあった。それぞれに「やりたいことだけをやってきた」といえないことはない。彼らとの出逢いと別れは、たとえほんの短いつきあいであっても、わたしの記憶に深く静かな痕跡を残した。その後、鬼籍に入った人も何人かいる。

彼らとの一期一会を振りかえり、ミンネをつなぐ試みが成功したかどうかは、読者のみなさんの判断にゆだねたい。ただ、この試みをきっかけに、わたしのなかで過去が、すくなくとも選択的な過去の一部が、以前よりもはっきりとした輪郭をとって、現在のわたしに寄りそい、ときに励まし、ときに戒める。へこたれたときに、また立ちあがろうとするわたしに手を差しのべてくれるのは、わたしのなかで生きているミンネたちである。

初出　『図書』二〇一七年一月
同年一一月―二〇一九年二月
同年四月、五月、七月、八月

冨原眞弓
1954(昭和29)年生まれ．パリ・ソルボンヌ大学大学院修了．哲学博士．聖心女子大学哲学科教授．
著書に，『シモーヌ・ヴェイユ——力の寓話』(青土社，2000年)，『シモーヌ・ヴェイユ』(岩波書店，2002年)，『トーヴェ・ヤンソンとガルムの世界——ムーミントロールの誕生』(青土社，2009年)，『ムーミン谷のひみつ』(ちくま文庫，2008年)，『ムーミンのふたつの顔』(同，2011年)ほか．
訳書に，『ヴェイユの言葉』(編訳，みすず書房，2003年)，ヴェイユ『自由と社会的抑圧』(岩波文庫，2005年)，『根をもつこと』(全2巻，同，2010年)，『重力と恩寵』(同，2017年)，『シモーヌ・ヴェイユ選集』(全3巻，みすず書房，2012-13年)，ヤンソン『彫刻家の娘』(講談社，1991年)，『小さなトロールと大きな洪水』(同，1992年)，『トーベ・ヤンソン・コレクション』(全8巻，筑摩書房，1995-98年)，『島暮らしの記録』(同，1999年)ほか．

ミンネのかけら——ムーミン谷へとつづく道

2020年9月25日　第1刷発行

著　者　冨原眞弓《とみはらまゆみ》

発行者　岡本　厚

発行所　株式会社 岩波書店
〒101-8002 東京都千代田区一ツ橋 2-5-5
電話案内 03-5210-4000
https://www.iwanami.co.jp/

印刷・三秀舎　カバー・半七印刷　製本・牧製本

ISBN 978-4-00-024892-1　Printed in Japan